HUMOR PICANTE DE ANTAÑO

Volumen 3

Cuentos sucios, chistes, historietas, chascarrillos y epigramas de los mejores autores castellanos.

Recopilación y prólogo de
JUAN BAUTISTA BERGUA

Colección La Crítica Literaria
www.LaCriticaLiteraria.com

LACRITICALITERARIA.COM

Copyright del texto: ©2010 Ediciones Ibéricas
Ediciones Ibéricas - Clásicos Bergua - Librería Editorial Bergua
Madrid (España)

Copyright de esta edición: ©2010 LaCriticaLiteraria.com
Colección La Crítica Literaria
www.LaCriticaLiteraria.com
ISBN: 978-84-7083-177-5

Version original: "Atiza" de la Librería Editorial Bergua
Volumen 3 de la serie "Ensaladilla" por U. L. D. E. C. (Juan B. Bergua)

Imagen de la portada:
William Adolphe Bouguereau (1825-1905) "Defending Herself Against Eros"

Ediciones Ibéricas - LaCriticaLiteraria.com
Calle Ferraz, 26
28008 Madrid
www.EdicionesIbericas.es
www.LaCriticaLiteraria.com

Impreso por LSI (internacional) y SAFEKAT S.L. (España)

CONTENIDOS

EL CRÍTICO - JUAN BAUTISTA BERGUA

Juan Bautista Bergua nació en España en 1892. Ya desde joven sobresalió por su capacidad para el estudio y su determinación para el trabajo. A los 16 años empezó la universidad y obtuvo el título de abogado en tan sólo dos años. Fascinado por los idiomas, en especial los clásicos, latín y griego, llegó a convertirse en un célebre crítico literario, traductor de una gran colección de obras de la literatura clásica y en un especialista en filosofía y religiones del mundo. A lo largo de su extraordinaria vida tradujo por primera vez al español las más importantes obras de la antigüedad, además de ser autor de numerosos títulos propios.

SU LIBRERÍA, LA EDITORIAL Y LA "GENERACIÓN DEL 27"

Juan B. Bergua fundó la Librería-Editorial Bergua en 1927, luego Ediciones Ibéricas y Clásicos Bergua. Quiso que la lectura de España dejara de ser una afición elitista. Publicó títulos importantes a precios asequibles a todos, entre otros, los diálogos de Platón, las obras de Darwin, Sócrates, Pitágoras, Séneca, Descartes, Voltaire, Erasmo de Rotterdam, Nietzsche, Kant y los poemas épicos de La Ilíada, La Odisea y La Eneida. Se atrevió con colecciones de las grandes obras eróticas, filosóficas, políticas, y la literatura y poesía castellana. Su librería fue un epicentro cultural para los aficionados a literatura, y sus compañeros fueron conocidos autores y poetas como Valle-Inclán, Machado y los de la Generación del 27.

EL PARTIDO COMUNISTA LIBRE ESPAÑOL Y LAS AMENAZAS DE LA IZQUIERDA

Poco antes de la Guerra Civil Española, en los años 30, Juan B. Bergua publicó varios títulos sobre el comunismo. El éxito, mucho mayor de lo esperado, le llevó a fundar el Partido Comunista Libre Español que llegaría a tener más de 12.000 afiliados, superando en número al Partido Comunista prosoviético oficial existente. Su carrera política no duró mucho, después que estos últimos le amenazaran de muerte, viéndose obligado a esconderse en Getafe.

LA CENSURA, QUEMA DE LIBROS Y SENTENCIA DE MUERTE DE LA DERECHA

Juan B. Bergua ofreció a la sociedad española la oportunidad de conocer otras culturas, la literatura universal y las religiones del mundo, algo peligrosamente progresivo durante la dictadura de Franco, época reacia a cualquier ideología en desacuerdo con la iglesia católica.

En el 1936, el ejército nacionalista del General Franco llegó hasta Getafe, donde Bergua tenía los almacenes de la editorial. Fue capturado, encarcelado y sentenciado a muerte por los Falangistas, la extrema derecha.

Mientras estuvo en la cárcel temiendo su fusilamiento, los falangistas quemaron miles de libros de sus almacenes por encontrarlos contradictorios a la Censura, todas las existencias de las colecciones de la Historia de Las Religiones y la Mitología Universal, los libros sagrados de los muertos de los Egipcios y Tibetanos, las traducciones de El Corán, El Avesta de Zoroastrismo, Los Vedas (hinduismo), las enseñanzas de Confucio y El Mito de Jesús de Georg Brandes, entre otros.

Aparte de los libros religiosos y políticos, los falangistas quemaron otras colecciones como Los Grandes Hitos Del Pensamiento. Ardieron 40.000 ejemplares de La Crítica de la Razón Pura de Kant, y miles de libros más de la filosofía y la literatura clásica universal. La pérdida de su negocio fue un golpe tremendo, el fin de tantos esfuerzos y el sustento para él y su familia...fue una gran pérdida también para el pueblo español.

Protegido por General Mola y exiliado a Francia

Cuando General Emilio Mola, jefe del Ejército del Norte nacionalista y gran amigo de Bergua, recibe el telegrama de su detención en Getafe, intercede inmediatamente para evitar su fusilamiento. Le fue alternando en cárceles según el peligro en cada momento. No hay que olvidar que durante la guerra civil, los falangistas iban a buscar a los "rojos peligrosos" a las cárceles, o a sus casas, y los llevaban en camiones a las afueras de las ciudades para fusilarlos.

¿El General y "El Rojo"? Su amistad venía de cuando Mola había sido Director General de Seguridad antes de la guerra civil. En 1931, tras la proclamación de la Segunda República, Mola se refugió durante casi tres meses en casa de Bergua, y para solventar sus dificultades económicas, Bergua publicó sus memorias. Mola fue encarcelado, pero en 1934 regresó al ejército nacionalista y en 1936 encabezó el golpe de estado contra la República que dio origen a la Guerra Civil Española. Mola fue nombrado jefe del Ejército del Norte de España, mientras Franco controlaba el Sur.

Tras la muerte de Mola en 1937, su coronel ayudante dio a Bergua un salvoconducto con el que pudo escapar a Francia. Allí siguió traduciendo y escribiendo sus libros y comentarios. En 1959, después de 22 años de exilio, el escritor regresó a España, y a sus 65 años comenzó a publicar de nuevo hasta su fallecimiento en 1991. Juan Bautista Bergua llegó a su fin casi centenario.

Escritor, traductor y maestro de la literatura clásica, todas sus traducciones están acompañadas de extensas y exhaustivas anotaciones referentes a la obra original. Gracias a su dedicado esfuerzo y su cuidado en los detalles, nos sumerge con su prosa clara y su perspicaz sentido del humor en las grandes obras de la literatura universal con prólogos y notas fundamentales para su entendimiento y disfrute.

Cultura unde abiit, libertas nunquam redit.
Donde no hay cultura, la libertad no existe.

El Editor

PRÓLOGO

Lectora bella y curiosa, si no eres tonta y mojigata, y tú, lector amable y despreocupado, excesivamente timorato, y una y otro no pretendéis sino pasar el rato alegremente convencidos de que la risa es el mejor y más sano de los dones que los dioses concedieron a los mortales, hacéis bien en tomar este libro en vuestras manos. Mas, si sois de los que pretenden quitarse la roña espiritual a fuerza de agua bendita; de esos hipocritonzuelos que fingen asustarse de todo y que de todo se escandalizan, de los tan "finodos" que a la mierda la llaman caca, "tras" al culo y antes darán mil rodeos y alusiones o citarán palabras tan extrañas a nuestro rico castellano como "cocotte" o "hetaira" que pronunciar una tan castiza, clara, sonora y añeja como la biensonante "puta", entonces, si de tales sois, soltad pronto estas hojas impresas, no os manchen y las manchéis con vuestras manos.

Suéltenlas también de las suyas lúbricas y puercas aquellos que le hayan tomado creyendo encontrar en él con qué dar pábulo a su rijosidad erótica. Este libro no es un libro pornográfico. Sólo pretende hacer reír, no excitar repugnantes pasiones. Su contenido es una serie de chistes, epigramas y dichos más o menos atrevidos—más con alguna frecuencia—; cuentos de todos los colores, olores y sabores, y chascarrillos unas veces simplemente graciosos, otras atrevidos y otras más atrevidos todavía; tan atrevidos que quizás lleguen por descuido nuestro en alguna ocasión a desvergonzados, pero nunca tan puercos que pequen de groseros, ni tan libres que parezcan libertinos ni menos eróticos.

Entendemos que se puede pasar el rato sin caer en la baja lujuria. Que puede decirse todo sin ofender con el mal gusto y la procacidad, y, consecuentes con esta opinión, no limitaremos en cuanto a la forma a llamar al pan, pan, y al vino, vino, mientras este pan y este vino no pasen de ese límite que separa siempre, para bien del buen gusto, lo alegre y lo picaresco que a todos regocija, de lo chabacano y lo soez que ofende a los no soeces y chabacanos. Y en cuanto al fondo, ya lo hemos dicho: no se trata sino de una recopilación de chistes, chascarrillos, hechos graciosos, dichos agudos, epigramas de los mejores autores castellanos y cuentos sucios (no puercos, que no queremos que digan: "¡Qué tío cerdo!", pero no nos importaría: "¡Caray!; tiene gracia este tío cochino!"); de modo que cuentos sucios y de esos otros que se suelen llamar "verdes", que corren de boca en boca y que se oyen con tanto requetepijotero gusto. Aquellos, los sucios, los escribiremos, por lo general, con todas sus letras, porque si no, no tienen gracia; éstos los adobaremos sustituyendo por sal la pimienta más gruesa, pues no es lo mismo oírlos de juerga, entre amigos, vino y quizá mujeres, que a palo seco y cara a cara con el libro. Ahora que su color y su sabor intacto quedará.

En una palabra: nuestro lema es ¡Viva la alegría sin inmoralidad! Y sin faltar a tan rígida y respetable señora, procuraremos dar risa y de regocijo.

Si así lo conseguimos, nos daremos por tan satisfechos que hasta tendremos ánimos para seguir coleccionando divertidas facecias; si no, sea el olvido con este volumen y el ayuno con quien lo aderezó.

Y señor, Dios con todos.

Juan Bautista Bergua
U. L. D. E. C.

HUMOR PICANTE DE ANTAÑO

Volumen 3

LaCriticaLiteraria.com

¡ATIZA!

Picó, atrevido, un átomo viviente
los blancos pechos de Leonor
hermosa, granate en perlas, arador en
rosa, breve lunar del invisible diente.
Ella, dos puntas de marfil luciente
con súbita inquietud bañó quejosa,
y torciendo su vida bulliciosa,
en un castigo dos venganzas siente.
Al expirar la pulga, dijo:—¡Ay,
triste! ¡Por tan pequeño mal, dolor tan
fuerte! —¡Oh pulga!—dije yo—.
Dichosa fuiste:
detén el alma y a Leonor advierte
que me deje picar donde estuviste,
y trocaré mi vida con tu muerte.

(LOPE DE VEGA)

Ya habían pasado seis años desde el día en que quedó consumado el matrimonio—un matrimonio de conveniencia por el capital del marido—, cuando la esposa dio a luz su primer hijo.

Para él fue un gran disgusto. Aquello podía acarrearle preocupaciones que le perturbarían su ociosa vida de clubman. Y decidió acudir a un afamado médico para que le indicase la manera de evitar un nuevo alumbramiento.

El médico sonrió levemente, y sin más explicaciones llenó una pequeña jeringa con el contenido de cierta ampolla.

—Descubra el brazo—le dijo amablemente.

Y, ¡zas!, colocó la inyección, desinfectó ligeramente el pequeño taladro y punto concluido.

—Ya puede irse tranquilo de que no tendrá más hijos.

—¿Es posible?

—Como lo oye. Estas inyecciones son de un resultado positivo.

Nuestro hombre salió satisfecho, aunque había pagado por los honorarios una no despreciable cantidad.

Pero nueve meses más tarde, su esposa se descolgó con otro niño. Y aquello le produjo una gran indignación.

—Querido doctor—le espetó apenas estuvo ante su vista—: su inyección no ha servido para nada. Mi mujer ha tenido otro hijo, más robusto aún que el anterior. —

El médico lamentó su equivocación. Había sido, sin duda, un error de dosis. Y le inyectó ahora doble cantidad, seguro de que con ella quedarían sacrificados todos los espermatozoides que pudiera engendrar aquel hombre fornido, casi atlético.

Pero volvió a repetirse la escena. Nueve meses más tarde, la tierna esposa daba a luz un presunto campeón de boxeo. Y aquello era ya una burla. Considere el lector que el marido tenía razón. Cada inyección le costaba un ojo de la cara, por el precio, y además una nueva criatura.

La entrevista con el doctor estuvo hilvanada con frases que no acertamos a reproducir.

—Es un caso insólito—dijo el médico—. Le voy a inyectar una dosis con la que estoy absolutamente seguro de que se hace totalmente imposible la procreación... si la resiste.

Y la resistió. Pero, a los nueve meses, la esposa le sacudió otro varón que daba gozo por su hermosura.

La entrada del marido en la consulta del médico eminente puede imaginarse.

—¿Otro niño?—preguntó éste con una serenidad que no se compadecía con lo violento del ataque.

—Sí, señor: otro niño, que espero no salga tan ladrón como usted, que me está robando el dinero con unas inyecciones que no sirven para nada.

Mientras el marido, furioso, escupía las palabras, el doctor abrió una vitrina y sacó tranquilamente un serrucho.

—¡Claro! No faltaba más que esto—bramó el cliente, ya amenazador—. De modo que, en vista de que no sirven las inyecciones, saca usted un serrucho para cortarme...

Y el médico, sin perder un momento su calma, contestó deletreando las palabras:

—No, señor; está usted equivocado. Precisamente porque estoy absolutamente seguro del efecto de mis inyecciones, saco este serrucho; pero no para lo que se figura, sino para cortarle a usted los cuernos.

HISTÓRICO

Hace noches, un cochero
del punto de la Cibeles
le preguntaba a otro auriga:
—¿Cómo a la parienta tiene?
Y antes de que el preguntado
una respuesta le diese,
un cafetero ambulante
pasó gritando: —¡Caliente!
Yo, que soy algo curioso,
por enterarme, paréme,
y solo escuché al primero,
preguntando nuevamente:
—¿Y con qué te ha dicho el médico

que remedio darla puedes?
Mas el cafetero cócora,
en su tema erre que erre,
otra vez pasó gritando
a voz en cuello : —¡Con leche!

(ÁNGEL RODRÍGUEZ CHAVES)

Hubo en casa de Esperanza
reunión de confianza,
y tocó el piano Lola
una preciosa romanza
con la mano izquierda sola.
La ovación fue general;
y su esposo, don Luciano,
dijo al punto, muy formal:
—¡Lo que hace con la otra mano
sí que no tiene rival!

Se aproximaba el tren a la frontera española. En uno de los departamentos viajaban un sacerdote orondo, envuelto en sotana y manteo, y dos señoras de cierta edad, no poco emperifolladas, que expresaban nerviosamente la grave preocupación que les producía una magnífica pieza de rico encaje que en mala hora se les ocurrió adquirir en Bayona. Toda la alegría sentida en los momentos de comprar a precio ventajoso aquel lúcido adorno con que engalanar sus ropas interiores, las pesaba ahora con profundo remordimiento que acuciaba su temor a medida que se aproximaban a la frontera. Si los aduaneros descubrían el dichoso encaje, sería para ellas la mayor de las vergüenzas, sin contar la crecida multa que las amenazaba. Pero, sobre todo, el sonrojo de ser descubiertas como contrabandistas. Ninguna de las dos se sentía capaz de llegar a la aduana escondiendo el encaje. Su azoramiento las delataría, y era seguro que serían reconocidas por aquella mujer poco escrupulosa, que las palparía groseramente, si no las obligaba a despojarse de sus ropas y perendengues hasta dejar al aire sus carnes resquebrajadas.

—¡Que no, vaya, que no!—exclamó firmemente la más jamona—. ¡Que no tengo valor para aventurarme!

—Yo tampoco—clamó tímidamente su compañera.

¿Qué hacer? No se ofrecía otra solución que arrojar por la ventanilla aquella magnífica pieza de encaje, renunciando a los goces de lucirla y al dinero gastado en comprarla, cuando la más jamona tuvo una idea feliz. Sí, sí; aquel buen sacerdote podría sacarlas de su apuro. Para un hombre, el trance no era tan bochornoso. Y pensado y dicho:

—Padre, buen padre: estamos en un trance apuradísimo. En mala hora compramos en Bayona este magnífico encaje que ahora no podemos pasar por la frontera, donde es seguro que nos registrarán. El bochorno sería horrible, y sólo usted puede salvarnos. No diga que no, buen padre. Para usted no es peligroso, porque sus ropas le ponen a cubierto de toda sospecha. A usted no le registran, y puede librarnos de este trance, en que no volveremos a vernos porque jamás incurriremos en la misma falta.

El buen padre dudó un poco; pero insistió melifluamente la jamona más joven y, ¡qué caramba!, en un momento de debilidad accedió a lo que le pedían. ¡Ah!; pero con una condición. Él no podía mentir. Eso, de ningún modo. Lo ocultaría debajo de su sotana, de forma que nada pudiese delatar el contrabando, y si no le requerían a hablar pasaría resignado a hacer luego una ligera penitencia que le curase de su pequeño pecado. Pero si era preguntado, entonces habría de confesar, y el encaje quedaría entregado en la Aduana.

Las dos señoras no tenían palabras para agradecer aquella buena acción de tan simpático sacerdote, en tanto éste se dirigió al cuarto lavabo, y allí, muy cuidadosamente, desenrolló como dos metros de encaje que arrolló a su cintura por debajo de la sotana, quedando el resto de la pieza colgando en el vacío.

No le sobró tiempo. Terminaba seráficamente su delicada faena cuando el tren se detenía ante la estación de Irún.

Y pasaron a la Aduana. Pronto estuvieron todas las maletas de los viajeros sobre el mostrador, dispuestas a ser revisadas, y ante la suya, abierta de par en par, el buen padre. No muy lejos, las dos jamonas, esperando con ansiedad el resultado.

Los aduaneros registraban los equipajes con más práctica que minuciosidad, y al fin uno de ellos se detuvo ante el sacerdote. ¡Bah! Allí no valía la pena una revisión detenida, y sin entretenerse se limitó a preguntar con una mezcla de respetó y cordialidad :

—¿Lleva usted algo de pago, padre?

Al cura se le trabó la lengua.

—Nada, ¿verdad?—insistió el aduanero, cerrando la maleta.

Y no hubo más remedio que confesar.

—Verá usted—balbuceó el padre—. No sé ocultarlo. Aquí—y señaló delante de su sotana—llevo...

Se acercó al carabinero y le susurró al oído:

—Llevo una pieza de encaje.

El carabinero tiró la maleta.

—Pues ésa se la encaja usted a su p... madre —contestó furioso, mientras se alejaba.

LA RECETA

De histérico una monja padecía,
    y ningún mes contaba
las calendas purpúreas que aguardaba.
    Al convento asistía

un médico arriscado
que por su ciencia conoció el estado
de la joven paciente
y cuál era el remedio conveniente,
y con oculta treta,
en papel reservado
entrególo a la sor como receta,
cuyo expedito y breve contenido
de esta manera estaba concebido:
"Contra ese flato histérico, receto
un fregado completo
en aquellos canales
que los censos expelen mensuales.
Yo, para esta faena,
una tienta de carne tengo buena,
con que ofrezco curarla
y a la matriz al par deshollinarla."
Esto leyó la monja, y afanosa
de cobrar su salud, pensó una cosa
con que deshollinada
quedase con la tienta deseada.
Para ello, de repente,
con más fuerza el histérico accidente
fingió, de tal manera
que mandó la abadesa se trajera
el médico al momento,
y, sin desconfianza, en el convento
le pidió que quedase
en tanto que la monja peligrase.
Llegó la medianoche, y las campanas
a maitines tocaron;
las piadosas hermanas
de sus celdas al coro se marcharon,
quedando con la enferma una novicia
de bastante malicia
y el médico, ajustándose su cuenta
de cómo engañaría a la asistenta.
Esta, que recelaba el torpe empeño,
fingió ceder al sueño,
y vio que el escolapio prontamente
montaba a la paciente,
y que ella culeaba
mientras él la estrujaba

tanto que la pobreta
tragaba, suspirando, la receta.
La novicia, por no llevar el gorro,
gritó: —¡Hermanas, socorro!
¡Acudan, que este médico maldito
a nuestra hermana pincha el conejito!
Por pronto que a esta voz saltó del lecho
el agresor sin consumar el hecho,
las monjas que volaron
a la celda, llegando a tiempo, vieron
lo que nunca tuvieron
y siempre desearon:
hallaron a la enferma destapada;
vieron, ¡ay!, enristrada
la tienta valerosa
del médico en el aire y que,
furiosa porque su ocupación se lo impedía,
con todas juntas embestir quería.
A tal vista, una clama: —¡Es un impío!
Otra dice: —¡Qué escándalo, Dios mío!
Otra, con mayor celo, repetía
que sobre sí el delito tomaría
para evitar que luego
llegue sobre el convento a llover fuego.
En tanto que gritaban, la abadesa
llegó dando prisa,
en brazos de dos monjas apoyada,
con el peso encorvada
de ochenta y cinco años,
que le había causado, entre otros daños,
almorranas, ceguera,
algo de perlesía y de sordera,
y una pronunciación intercadente
por hallarse su boca sin un diente.
Esta, pues, enterada de la culpa,
vio que la delincuente se disculpa
mostrando la receta,
y adivinó que el médico operaba
con la tienta que en ella insinuaba.
La abadesa, discreta,
de la verdad queriendo cerciorarse,
en su nariz montó los anteojos
que eran auxiliadores de sus ojos;

mandó luego acercarse
al galeno, que estaba bien armado
por no haber la receta consumado,
y, alzándose de prisa
el cumplido faldón de la camisa,
exclamó con presteza:
—¡Bendígaselo Dios! ¡Soberbia pieza!
La de mi confesor, que pincha y raja
con dos palmos del vello a la cabeza,
es un meñique al lado de esta alhaja.

(FÉLIX MARÍA SAMANIEGO)

Mi amigo Jorge, afamado campeón de natación, pasaba el verano en Biarritz gastando alegremente los buenos dineros ganados en los concursos de primavera.

Pero le inquietaba la vida una *démi-mondaine* ni joven ni guapa que se había enamorado de él hasta olvidar sus ocupaciones y seguirle constantemente por todas partes.

Cierta tarde, mi amigo estaba desesperado: Aquella mujer le perseguía con una tenacidad insoportable. Paseó por la mañana cerca de él, almorzó en una mesa próxima, tomó café sentada en una silla inmediata, y ahora se hallaba a dos metros de distancia de nosotros, mirándole lujuriosamente.

Jorge brincaba de nerviosismo.

—Ya no puedo más—me dijo—. Me voy nadando hasta aquel barquichuelo lejano, porque será la única manera de librarme por hoy de esa mujer.

Y despojándose de su albornoz, se adentró rápido en el mar.

La *demi-mondaine* arrancó precipitadamente sus vestidos y se lanzó tras él. Unos minutos después nadaba a un metro de distancia. Cuando mi amigo volvió la cabeza y la encontró tan próxima, creo que se hubiera zambullido para siempre a no estar seguro de que sus facultades de nadador le permitían alejarse rápidamente de su perseguidora. Y comenzó a bracear furiosamente, haciendo una velocidad incomprensible.

Y se alejó mucho. Entonces volvió la cabeza sonriente. Pero, ¡horror!, aquella mujer le había seguido—¡a él, campeón de natación!—y estaba más cerca que nunca.

Jorge quedó estupefacto. Aquello era inexplicable.

—Pero, señorita, ¿quiere decirme cómo es posible que haya podido seguirme?

—Es muy sencillo, amor mío—le contestó, agarrándose a su cuerpo—; es que yo he sido dos años... en Venecia.

—¿Por qué las mujeres tanto se
componen la cabeza?
—Porque conocen lo mucho
que la tienen descompuesta.

CUESTIÓN DE TRÁMITES

Me la encontré en la calle de la Espada,
y al mirarla mover con gracia el talle,
sentí clavarse en mi alma enamorada,
el nombre de la calle.

Me la llevé a la tarde de paseo;
sintió en la calle sed: era verano;
yo la convidé a horchata, y, según creo,
me abandonó una mano.

Al volver a su casa al otro día,
un café le pagué con su tostada;
recuerdo que al salir ya permitía
ser por mí tuteada.

Al mes entró a cenar, con alborozo,
en un café que llaman del Progreso.
¡Ay!, yo pensé que se cenaba al mozo...;
mas me dio un beso...

Preso en las redes de su trenza blonda,
cada vez es mayor mi amante fuego...
Hoy ya pienso en llevármela a la fonda...
¡Veremos luego!

(ÁNGEL RODRÍGUEZ CHAVES)

Tres galleguitas, Luisa, Ana y María, llegan a Madrid dispuestas a colocarse de criadas para todo. Las tres están encantadoras con sus pañolitos al cuello, y, claro está, ocurrió lo que tenía que ocurrir: las tres muchachas se echaron novio, y un buen día que se reunieron y se hacían mutuas confidencias resultó que si habían venido a Madrid a ganar dinero, no habían dejado de perder su pequeño capital.

A fines del mes de julio les entró la *morriña,* y abandonando a sus respectivos amantes, las tres muchachas decidieron volver a su pueblo, donde fueron recibidas con gran alegría.

Ocho días habían pasado desde su regreso cuando una tarde Ana dijo a María y a Luisa:

—No se resuelve todo con tomar el sol, y deberíamos ir a confesarnos; la gente empieza a mirarnos de reojo, y con eso de que venimos de Madrid...

—Ya había yo pensado en eso—interrumpió la dulce María—; pero ya veis: hay una cosa que me azara... ¡Ya sabéis lo que quiero decir! Nunca podré confesar al cura que he estado con un hombre, y por otra parte no quiero mentir, porque eso me traería mala sombra.

—Tienes razón—exclaman a la vez Ana y Luisa—; pero entonces, ¿qué vamos a hacer?

Y nuestras tres galleguitas quedaron sumidas en un mar de pensamientos. De repente, Ana gritó con alegría:

—¡Ya lo sé! Escuchadme bien. Vosotras conocéis al señor cura: es una buena persona, pero muy malicioso. Bueno; pues veréis lo que vamos a hacer : le contamos todos nuestros pecados, y de lo que hemos hecho en Madrid le diremos algo así que él no comprenda. De este modo no sé atreverá a preguntarnos para no pasar por imbécil. Mirad, tengo una idea; le diremos: he tarlatanado.

—¡Tarlatanado¡—exclamaron las otras dos muchachas.

—Sí, sí: tarlatanado... Eso no quiere decir nada, que es lo que necesitamos.

Una vez puestas de acuerdo sobre lo que habían de decir, las tres jóvenes se dirigieron a la iglesia.

La primera que se confesó fue Ana.

—Padre, me acuso de haber sido embustera, golosa, coqueta, de haber echado agua a la leche de los forasteros... y de haber ¡tarlatanado!

¡Tarlatanado!... El venerable sacerdote quedó absorto... Tarlatanado: ¿qué podría ser esto?

—Bueno ; todo eso no es muy grave—dijo tras una pausa, como, queriendo solicitar la opinión de la joven, que se apresuró a contestar:

—¡Oh, no, padre!

—Pues bien, hija mía; dirás tres Padrenuestros y dos Avemarías... Anda, y no peques más.

Ocupó Luisa el sitio que acababa de dejar su amiga, empezando su confesión. Y todo fue bien hasta el momento en que confesó que ella también había tarlatanado.

—¡Tarlatanado! ¡Tarlatanado!—-repetía el viejo sacerdote—. ¡Tarlatanado! Bueno, bueno; pues dirás tres Padrenuestros y dos Avemarías...

María se aproximó, a su vez, al tribunal de la penitencia, y después de enumerar la lista de sus pecados, que no eran, ciertamente, más graves que los de sus amigas, llegó también a la frase que el cura repetía entre dientes tratando de comprenderla.

—Además, padre... ¡he tarlatanado!

La palabrita cayó como un garrotazo sobre la cabeza del cura, que quedó un momento estupefacto, y perdiendo la paciencia, gritó:

—¡Pero, bueno!..., ¿qué es lo que quieres decir, hija mía?...

Desgraciadamente, María era la más tímida de las tres amigas. La infeliz se turbó y comenzó a balbucir palabras sin ilación, hasta el punto de que el ministro del Señor, sospechando algún misterio, amenazó con todos los rayos de la Iglesia a la pobrecilla, que al fin confesó de plano, llorando.

—¡Ah, desgraciada!... ¡Tarlatanar es irse con los hombres!...

Hacemos gracia a los lectores del sermón que la pobre tuvo que escuchar y la terrible penitencia que se le impuso.

María volvió, hecha un mar de lágrimas, al lado de sus amigas, que la trataron de idiota, reprochándole su bestialidad. Luego, las tres se dirigieron al pueblo.

Apenas habían andado cien pasos cuando se encontraron con la madre Martina, una pobre vieja de setenta y ocho años, que iba hacia la iglesia.

—Buenos días, madre Martina.

—Buenos días, hijas mías.

—¿Qué tal va, madre Martina?

—Así andamos... Sólo que siento un malestar... A vosotras puedo decíroslo... ¡Figuraos que tengo el vientre lleno de viento! ¡Me tiro cada pedo!

Las chicas se rieron a carcajadas.

—¡No veo la gracia para que os riáis!—continuó la madre Martina—. ¡Yo creo que me han echado mal de ojo! Por eso voy a ver al cura, pará contárselo... Pero el caso es que no sé cómo decírselo. No puedo decirle que me tiro pedos...: eso está mal...

—No se preocupe, madre Martina—interrumpió Ana—; yo la sacaré del apuro. No tiene usted que decirle al cura más que: "Yo tarlatano".

—¿Yo tarlatano? ¿Y sabrá él lo que quiere decir?

—Sí, sí, madre Martina.

—¡Qué buenas sois! Hasta luego, hijas mías.

Y la pobre vieja continuó camino de la iglesia, a la que llega en el momento en que iban a cerrar.

—¿Es usted, madre Martina ? ¡Oh! Una santa mujer como usted no debe tener gran cosa de que acusarse...

—Sí, señor cura; tengo mis pecados, como todo el mundo.

—Sí, sí, comprendido; pero no serán muy graves.

—Seguro que no son muy graves... Pero es que—continuó la madre Martina—es que ¡tarlatano a todas horas!

Al oír aquello, el venerable sacerdote cayó anonadado sobre una silla.

—¡Pero cómo, madre Martina!... ¿Tarlatana usted, a su edad?

—¡A mi edad! ¡A mi edad! ¡Y quién es dueño de su culo!

ANÉCDOTA

Por estrecha galería
de Versalles discurría
una noche, a hora avanzada,
Richelieu, que ya tenía
su fama muy bien sentada.

De improviso, tropezó
con una dama preciosa,
a quien luego interrogó

sobre la causa forzosa
que a palacio la llevó.
Cogida así, de repente,
aquella, que no sabía
disculpar lo que quería,
—¡A nadie busco!—decía
con acento balbuciente.
Pero el duque, sospechando
la verdad, dijo, rendido,
a la dama contemplando:
—¡No quisiera haber perdido
lo que vos andáis buscando!

(JAIME MARTÍ-MIQUEL)

—¿Cuándo tomarás esposa?
—preguntaron a José.
—Cuando la encuentre preciosa
y honrada, y tan hacendosa,
que guise, que planche y me
lave la ropa y la cosa.

Conejo, a varias tabernas
vende barato Inés Rute,
porque lo entra de matute
¡escondido entre las piernas!

Acababan de confesarse ante un cura de la parroquia varios fieles, cuando le llegó el turno al sacristán.

—Padre mío, me acusó de esto, y de lo otro...

Pero los pecados del sacristán no nos interesan; es más curioso observar la actitud del párroco. Escucha impaciente, y tiene sus razones para ello el buen hombre, porque quiere poner en claro de una vez para siempre un pequeño asunto que le tiene preocupado. Todos los días ve cómo desaparece su vino, su excelente vino de misa, en el que no se mezcla una gota de agua; y sospecha del sacristán, cuya rojiza nariz haría palidecer de envidia a una amapola.

El penitente ha parado el chorro de sus pecados.

—¿Es eso todo lo que tienes que decir, hijo mío?... Vamos a ver: ¿quién se bebe el vino del cura?

El interpelado no dice una palabra.

—Te pregunto, hijo mío: ¿quién se bebe el vino del cura?

Y sigue el penitente sin contestar.

—Por tercera .vez te pregunto: ¿quién se bebe el vino del cura?... ¿Me oyes? ¡Conque no me oyes! Pues vamos a verlo, hijo mío: ponte en mi lugar. Pregúntame tu.

Los dos hombres cambian de sitio, y el sacristán, que ahora ocupa el lugar del cura, se dirige a éste:

—¿Quién es el que se acuesta con la mujer del sacristán ?

El abate no responde.

—¿Quién es el que se acuesta con la mujer del sacristán?—repite el confesor de ocasión.

—¡Tienes razón!—exclama el cura, levantándose—. ¡No se oye absolutamente nada!

Dícenme, don Jerónimo, que dices
que me pones los cuernos con Ginesa;
yo digo que me pones cama y mesa,
y en la mesa, capones y perdices.
Yo hallo que me pones los tapices
cuando el calor por el octubre cesa;
por ti, mi bolsa, no mi testa, pesa,
aunque con molde de oro me la rices.
Este argumento es fuerte y es agudo:
tú imaginas ponerme cuernos; de obra
yo, porque lo imaginas, te desnudo.
Más cuerno es el que paga que el cobra,
ergo, aquel que me paga es el cornudo,
lo que de mi mujer a mí me sobra.

(QUEVEDO)

Aquí yace Ana Estella,
que veinte años fue doncella
y de hermoso parecer,
y en dejándolo de ser
murió, según se ha sabido,
de pena de haberlo sido.

M. de B., dueño de un magnífico hotel situado en el barrio de Salamanca, acostumbra a permanecer en el club hasta las altas horas de la madrugada. El conserje, que habita con su mujer—una linda muchacha—en un pequeño pabellón inmediato a la puerta de entrada, es el encargado de franquearla a su señor. Y no estará de más decir que, de costumbre, atiende solícito a la primera llamada.

Pero una noche el señor M. de B. hubo de hacer sonar el timbre más de una vez sin obtener respuesta. El tiempo, desapacible, no era el más a propósito para esperar pacientemente. Y llamó una vez más, y otra, y otra, hasta desesperarse.

No habían pasado menos de diez minutos cuando apareció nuestro buen conserje abrochando aún los botones de su pantalón.

Juan—clamó furioso el señor M. de B.—, ¿es posible que ni tú ni tu mujer hayáis oído mis llamadas?

—Sí las hemos oído, señor—respondió dulcemente Juan.

—¿Entonces...?

—Entonces, señor—y acentuó el conserje su tono respetuoso—, que yo me permitiría hacer observar al señor que hay circunstancias en que un conserje también se siente macho y no puede dejar las cosas a medio hacer.

M. de B. no insistió.

Puso su tienda un barbero
en un piso principal,
y ocurrióle a un majadero
poner otra tienda igual
más arriba, en el tercero.
Y por ahorrarse trabajo
pusieron un cartel bajo
donde leí con anhelo:
"Los dos cortamos el pelo:
el de arriba y el de abajo".

Viendo a un niño, pregunté:
—¿Es de usted, señora Luisa?
Y ella contestó con prisa,
muy política: —Y de usted.

—¿Se llama usted Virginia, vida mía?
—No, señor; Concepción. —¡Yo bien decía!...

Por decretos soberanos
perdiste dos flores tiernas
a los impulsos tiranos;
una por abrir las manos,
y otra por abrir las piernas.

MUERTES RARAS

Abimelech: aplastado por una muela de molino.
Absalón: suspendido por los cabellos.

Acteón: devorado por sus perros.
Anacreonte: ahogado por las pepitas de uvas.
Anteo: estrangulado por Hércules.
Aretino: muerto de risa.
Bajazet: encerrado en una caja de hierro.
Brunchaut: arrastrado por un caballo salvaje.
Carlos el Malo: abrasado en espíritu de vino.
Clarence, duque de: ahogado en un tonel de malvasía.
Clemente XIV: envenenado.
Diómedes: devorado por sus caballos.
Drake: devorado por los cangrejos.
Esquilo: muerto por la caída de una tortuga.
Gabriela de Estrees: envenenada con una naranja.
Goliat: de una pedrada.
Isaías: cortado entre dos planchas.
Juana d'Albret: envenenada por los guantes.
Laocoon: ahogado por dos serpientes.
San Lorenzo: quemado en una parrilla.
Marat: asesinado en el baño.
Margarita de Borgoña: estrangulada con sus cabellos.
Marsias: desollado vivo.
Milón de Crotona: devorado por los lobos.
Pilatre de Bozier: precipitado desde un globo.
Plinio: sepultado bajo las cenizas del Vesubio.
Prévost (eí abate) : abierto vivo por un cirujano.
Pirro: muerto por una teja.
Régulo: arrojado en un tonel erizado de puntas de hierro.
Sansón: aplastado bajo las ruinas de un templo.
Sisara: la cabeza perforada por un clavo.
Sófocles: muerto de alegría.
Tersites : muerto de un puñetazo.
Ugolino: muerto de hambre.

Evidentemente, en nuestros días se muere por medios mucho más curiosos: electrocución, volatilizado del todo por medio de explosivos, anonadado ante un recibo de la contribución..., etc., etc.

EL RECONOCIMIENTO

Una abadesa, en Córdoba, ignoraba
que en su convento introducido estaba,
bajo el velo sagrado,
un mancebo, de monja disfrazado;

que, el tunante, dormía,
para estar más caliente,
cada noche con monja diferente,
y que ellas lo callaban
porque a todas sus fiestas agradaban,
de modo que era el gallo
de aquel santo y purísimo serrallo.
Las cosas más ocultas
mil veces las descubren las resultas,
y esto acaeció con las cuitadas monjas,
porque, perdiendo el uso sus esponjas,
se fueron opilando
y de humor masculino el vientre hinchando.
Hizo reparo en ello por delante
su confesor, gilito penetrante,
por su grande experiencia en el asunto,
y conociendo al punto
que estaban fecundadas
las esposas a Cristo consagradas,
mandó que a toda prisa
bajase al locutorio la abadesa.
Esta acudió al mandato
por otra vieja monja conducida,
pues la vista perdida
tenía ya de flato,
y al verla, el reverendo,
con un tono tremendo,
le dijo: —¿Cómo así tan descuidada,
sor Telesfora, tiene abandonada
su tropa virginal? Pero mal dije,
pues ya ninguna tiene intacto el dije.
¿No sabe que, en su daño,
hay obra de varón en su rebaño?
Las novicias, las monjas, las criadas...
¿Lo diré? Sí: todas están preñadas...
—*¡Miserere mei, Domina!*—responde
sor Telesfora—. ¿En dónde
estar podremos de parir seguras,
si no bastan clausuras?
Váyase, padre, luego,
que yo hallaré al autor de tan vil juego
entre las monjas. Voy a convocarlas

y con mi propio dedo a registrarlas.
El confesor marchóse;
subió sor Telesfora, y publicóse
al punto en el convento
de las monjas el reconocimiento.
Ellas, en tanto, buscan presurosas
al joven, y llorosas
el secreto le cuentan
y el temor que por él experimentan.
—¡Vaya! No hay que encogerse
—él dice—. Todo puede componerse,
porque todas estáis de poco tiempo.
Yo me ataré un cordel en la pelleja
que cubre mi caudal cuando está flojo;
veréis que me le cojo
detrás, junto las piernas, y la vieja
cegata, estando atado a la cintura,
no puede tropezar con mi armadura.
Se adoptó el expediente,
se practicó, y las monjas le llevaron
al coro, donde hallaron
la abadesa impaciente
culpando la tardanza.
En fin, para esta danza
en dos filas las puso,
las gafas pone en uso
y, una vela tomando
encendida, las iba remangando.
Una por una, el dedo las metía,
y después: —No hay engendro—repetía.
El mancebo miraba
lo que sor Telesfora destapaba,
y se le iba estirando
el bulto, y el torzal casi estallando;
de modo que, tocándole la suerte
de ser reconocido,
dio un estirón tan fuerte
que el torzal consabido
se rompió y soltó al preso,
al tiempo que lo espeso
del bosque la abadesa le alumbraba;
y así cuando para esto se bajaba,
en la nariz llevó tal latigazo

que al terrible porrazo
la vela, la abadesa y los anteojos
en el suelo quedaron por despojos.
—¡San Abundio me valga!
—ella exclamó—. ¡Ninguna de aquí salga,
pues ya, bien a mi costa,
reconozco que hay moros en la costa!
Mientras la levantaron,
al mancebo ocultaron
y en su lugar pusieron
otra monja, la falda remangada,
que, siendo preguntada
de con qué a la abadesa el golpe dieron,
le respondió: —Habrá sido
con mi abanico, que se me ha caído.
A lo que la vieja replicó furiosa:
—-¡Mentira! ¡En otra cosa
podrán papilla darme,
pero no en el olfato han de engañarme,
que yo le olí muy bien cuando hizo el daño,
y era un dánosle hoy de buen tamaño!

(FÉLIX MARÍA SAMANIEGO)

Tiene mi hija la Curra
sin duda gana de broma,
pues hace tres años que toma
sin cesar leche de burra.
Y es en balde que le diga
que tal afición deseche,
siendo así que con la leche
se le inflama la barriga.

¡Excelente parroquia!... En otros tiempos, en la época en que los mozos no emigraban hacia la capital en busca de trabajo, ni las mozas para colocarse de camareras o criadas para todo...

En la actualidad, la misa sólo atrae a algunas beatas y los niños que aún no han hecho la primera comunión.

El párroco es un buen hombre y no oculta su pena. Los domingos, desde el púlpito, truena contra la inmoralidad del siglo; contra los padres que educan a sus, hijos sin religión y que son los responsables de todas las desgracias que aquejan al país y a la familia.

Precisamente aquel domingo, el señor cura iba a hablar a sus feligreses del auxilio que la religión presta a los que están tocados por la gracia.

Y en un párrafo admirable habló de esa religión que tantas grandes cosas hizo en el pasado, de esa religión que consuela a los afligidos...

Pero por qué diabólico pensamiento se les había ocurrido a dos o tres galopines manchar la baranda del púlpito con cierta materia maloliente.

En el calor de su improvisación, el párroco se apoyó en la baranda, y quedando callado de repente, olió sus manos... ¡Hum!..,

—La religión, hermanos míos...

(El cura huele sus manos de nuevo...)

—La religión... ¡es mierda!—exclama indignado, sin poderse contener.

¿MONJA O CASADA?

En Cádiz, según se cuenta,
vivía una solterona,
aspirante ya a jamona
por frisar en los cuarenta.
Casarse, en verdad, bien pudo
como otras más feas que ella,
mas quiso su mala estrella
que nadie le echase el nudo.
Tuvo novios volanderos,
de esos fogosos que pasan,
mas no de los que se casan
con la humildad de corderos.
Y como, sin vanidad,
no era de pies a cabeza
ni un prodigio de belleza
ni un monstruo de fealdad,
ver no podía con calma
que otras hallasen pareja
y ella fuese a Villa-Vieja
expuesta a morir con palma.
Teniendo su fin previsto
y despechada en su anhelo,
trató de tomar el velo
de esposa... de Jesucristo.
Mas el paso era atrevido
y de gravedad inmensa,
que donde menos se piensa
suele saltar un marido.

Quiso buscar consultor
de ciencia y saber profundo,
que entre el convento o el mundo
le dijera: "Este es mejor";
y sin mentida lisonja
le aconsejase: "Hija mía,
lo que más te convendría
es ser casada o ser monja".
Escogió por consultora
a la Virgen del Rosario,
y dedicó un novenario
a tan alta protectora.
Y ni una tarde siquiera
dejó de entrar a rezarle
con el fin de preguntarle
por su futura carrera.
—Madre mía idolatrada
—le decía con fervor—,
¿qué me conviene mejor:
ser profesa o ser casada?
Mas como no respondía
la Madre, al Niño acudió,
y también le preguntó
con devota hipocresía:
—Niño, ven a iluminarme,
tú, que en sus brazos estás:
¿qué me contendría más,
meterme monja o casarme?
Pero el Niño, silencioso,
la dejó en zozobra igual
sobre el punto principal
que turbaba su reposo.
Como pobre porfiado
al cabo saca mendrugo,
y entre el velo o el sacro yugo
elegir era arriesgado,
—Sé que un milagro será,
mas soy testaruda—dijo—,
y bien la Madre o el Hijo
alguno responderá.
Y con más constante empeño
siguió su interrogatorio

sobre el claustro o el casorio,
que le robaban el sueño.
Un sacristán muy tunante,
al ver aquella alma en pena,
decidió entrar en escena
como chiquillo parlante.
Y una tarde se escondió
tras la imagen de María,
y la petición del día
tranquilamente aguardó.
Llegó la cuarentenaria
con cara de cuadragésima,
a repetir la milésima
edición de su plegaria.
Y al preguntar:—¿Qué he de ser:
sierva de Dios o casada?
dijo con voz atiplada
el burlón: —Monja, mujer.
Miró al Niño con furor
la beata, y gritó al punto:
—Chico, a ti no te pregunto,
sino a tu Madre, hablador.

(Rafael García Santisteban)

FLAQUEZAS HUMANAS

A los pies del confesor,
Inesilla, la mimosa,
confesaba cierta cosa
llena del mayor rubor;
el ministro del Señor
la contempló de tal modo,
que ella retiró su codo
y dijo el padre don Paco:
—¡Hija mía, el cuerpo es flaco!
Y repuso Inés: —¡No todo!

(El Bachiller Carranque)

El señor cura párroco del pueblo tenía un perro; pero un perro magnífico, hermoso ejemplar al que atribuía las mejores cualidades.

Efectivamente, el animalito era muy cariñoso; mas lo que encantaba a su amo era su inteligencia. Le había enseñado algunas habilidades: hacía el toro y sabía coger un terrón de azúcar a la voz de mando. En resumen: no le faltaba más que hablar. El señor cura no dejaba de comparar su perro con algunos de sus feligreses que frecuentaban de mejor gana el *cabaret* que la iglesia. Era uno de éstos el viejo Próspero. Y no es que fuera un mal hombre, y hasta habría asistido a misa si la misa, por su mala suerte grande, no se celebrase todos los domingos precisamente a la hora en que nuestro hombre festejaba a Baco.

Hagamos constar que este pagano era un viejo maligno, que encerraba más de una en su saco, y no extrañará saber que, sin perjuicio de maltratarle un tanto, el pastor de la parroquia sintiese cierta debilidad por él.

Aquella mañana, precisamente, *Stop* (este era el nombre del perro) se había distinguido muy particularmente, y el párroco, en tono amistoso, reprochaba por centésima vez al viejo Próspero por su indigna conducta; y por centésima vez repitió:

—¡Mi perro vale más que tú! ¡ Mi perro, si tuviese el don de la palabra, sería un buen cristiano, y tú... tú no eres más que un descreído!

—¡Ay, señor cura!—replicó el buen hombre—,yo sé que no soy un modelo de virtudes; pero el Señor tendrá piedad de mí: así lo espero... En cuanto a su perro, es, desde luego, el animal más inteligente que he conocido. Mire usted: yo he leído un día de estos en el *Heraldo* que un veterinario de Madrid había encontrado el medio de hacer hablar a los perros. Bueno; pues si hay un perro que merezca hablar, ése es el de usted...

—¿Qué estás diciendo?—interrumpió el cura—. ¿Un veterinario ha encontrado el medio de hacer hablar a los perros?

—Como se lo digo a usted; y parece que ya ha operado a tres o cuatro... Yo mismo he visto uno, hace ocho días, en la feria de Talavera... Sólo llevaba una semana de tratamiento y ya hablaba un poco...

—¡Eso no es posible!... Pero, en fin, si tú lo has visto... ¡Ah! ¡Si yo pudiese llevar mi *Stop* a ese veterinario! Pero el caso es que no puedo abandonar mi parroquia...

—¡Oh!... Si no es más que eso, yo me brindo a hacerle ese pequeño servicio...

Los dos hombres siguieron hablando durante algún tiempo, y por fin se decidió que Próspero llevaría el perro. Al día siguiente salió para Madrid, provisto de sus buenas ochocientas pesetas para los gastos de la operación. Una hora después Próspero estaba en Aranjuez, y a los pocos minutos, a la orilla del Tajo, en un lugar aislado, y atando una gruesa piedra al cuello del pobre *Stop* lo lanzó al río.

Continuó después su viaje a Madrid, y durante cinco días se dedicó a divertirse de lo lindo.

En la mañana del sexto día estaba de vuelta en el pueblo, e inmediatamente se fue a casa del cura.

—¡Ah, ya estás aquí, Próspero! ¿Y mi perro?

—¡Sencillamente admirable! En cuanto lo vio el veterinario exclamó: "Este es el sujeto que me hacía falta..." Al cuarto día ya comenzaba a hablar... Pero resulta que la operación valía mil doscientas pesetas, y he venido por las cuatrocientas.

—¡Cuatrocientas pesetas! ¡Pues sí que me va a salir carito el perro!

Finalmente, Próspero volvió a marchar al día siguiente con sus cuatrocientas pesetas, que a los tres días habían ido a reunirse con las ochocientas de la semana anterior.

—¿Pero no me traes mi perro ?—preguntó el buen abate al ver a Próspero de regreso por segunda vez.

—¡Ah, señor cura!—respondió el viejo burlón—. Es estupendo... Apenas me vio, dijo: "¡Hola; aquí está Próspero!", y nos pusimos a charlar... Únicamente que tenía un pequeño defecto: tartamudeaba; y por eso he creí de que conviene dejarlo unos tres o cuatro días... Con doscientas pesetas, la cosa se ha terminado.

—¡Doscientas pesetas! ¡Este perro me va a arruinar!... Pero ¿me prometes que hablará?

—Fíe usted en mí, señor cura.

Cuatro días después, Próspero volvía de Madrid, sin el perro, naturalmente.

—¡Ah, señor cura, qué desgracia! ¡Qué desgracia!... El pobre *Stop* hablaba que era la admiración de todo el mundo. Pero de repente se dirige a mí, preguntando: "¿Es verdad que el señor cura se acuesta siempre con Gertrudis y con la madre Juana? ¿Es verdad que a diario se guarda la mitad del dinero de los cepillos?..." Y otros horrores, muchos, que no puedo repetirle... En fin, dijo tantas barbaridades que me encolericé, lo cogí, le até una piedra al cuello y ¡¡lo tiré al río!!

—¡Ay! Mi pobre Próspero—dijo el cura, después de lanzar un suspiro—, has hecho muy bien; las malas lenguas siempre son demasiadas.

ES BARATO

Clara profesora es
de alemán y de francés,
de turco, latín y godo...
¡Ojo, que lo enseña todo
por cinco duros al mes!

(José Jackson Veyán)

Proclama Juan, con varonil denuedo,
la libertad para emitir el pedo.
De aquí Benito, discurriendo, saca
la libertad para emitir la caca.
Y llama a Juan cangrejo reaccionario
porque niega tan justo corolario.
Que es peer, sin cagar, un paso nulo
en el proceso lógico del culo.

¡Oh vosotros, los hombres de la izquierda,

que defendéis el libre pensamiento
y el anarquismo condenáis violento:
¿queréis el pedo y rechazáis la mierda?...

(X.)

LAS LAVATIVAS

Cierta joven soltera,
de quien un oficial era el amante,
pensaba a cada instante
cómo con su galán dormir pudiera,
porque una vieja tía
gozar de sus amores la impedía.
Discurrió al fin meter al penitente
en su casa, y, fingiendo que la daba
un cólico bilioso de repente,
hizo a la vieja, que cegata estaba,
que un colchón separase
y en diferente cama se acostase.
Ella en la suya, en tanto,
dándole al dengue tanto
que a media voz, en dulce regodeo,
suspiraba y decía:
—¡Ay!... ¡Ay!... ¡Cuánto me aprieta esta agonía!
La vieja cuidadosa,
que no estaba durmiendo,
los suspiros oyendo,
a su sobrina dijo, cariñosa:
—Si tienes convulsiones aflictivas,
niña, yo te echaré unas lavativas.
—No, tía—ella responde—, que me asustan.
—Pues si son un remedio soberano...
—¿Y qué, si no me gustan?
—Con todo, te he de echar dos con mi mano.
Dijo, y en un momento levantada,
fue a cargar y a traer el arma vedada.
La mozuela, que estaba embebecida
cuando llegó este apuro,
gozando una fortísima embestida,
pensó un medio seguro
para que la función no se dejase
ni a su galán la tía allí encontrase:

montó en él ensartada,
tapándole su cuerpo y puesta en popa,
mientras la tía, de jeringa armada,
llegó a la cama, levantó la ropa
por un ladito y, como mejor pudo,
enfiló el ojo del rollizo escudo.
En tanto que empujaba
el caldo con cuidado,
la sobrina, gozosa, respingaba
sobre el cañón de su galán armado,
y la vieja, notando el movimiento,
la dijo: —¿Ves cómo te da contento
las lavativas, y que no te asustan?
¡Apuesto a que te gustan!
A lo que la sobrina respondió:
—¡Ay! Por un lado sí, por otro no.

(Félix María Samaniego)

—¿Ha visto usted a mi hijo, tío Juan?

—Seguramente estará durmiendo aún... Y eso que le han recomendado el ejercicio.

—Pues le aseguro que cumple la prescripción. Hace dos horas que está en el pajar con la criada...

DE CAZA

Tuve una amiga en Jerez,
que a su antiguo pretendiente
la liga, impensadamente,
ver le dejó cierta vez.

Y es el caso que mi amiga
con él se llegó a casar...
¿Quién me podrá demostrar
que no le cazó con liga?

(Mariano del Todo y Herrero)

Recomendaban mucho a un director de un gran teatro lírico a una artista de talento, alabando su voz y sus aptitudes para la escena.

—Eso me importa muy poco—respondió el director—. Prefiero me digan quién es su amante y si tiene automóvil...

APRENSIONES NOCTURNAS

Hay un padre de a folio, gran maese,
a quien de un modo tal el cielo llama,
que hallándose en maitines, según fama
tuvo visiones y a la gloria fuese.
Quedó un calzón del padre, aunque le pese,
entre misales que dispuso el ama,
pues mandó el cura que al dejar la cama
sus libros a la iglesia condujese.
¡Llénense de pavura los mortales
y alce Castilla insignias y pendones,
la oreja dando a maravillas tales!
No sé por qué nocturnas aprensiones,
en lugar de cogerse a los misales,
la mujer echó mano a los calzones.

(ROQUE BARCIA)

Un curita de una capital estaba enamorado de cierta feligresa; pero enamorado hasta el punto de llegar a no comer ni beber. Pero Juanita, la mujer del herrero, era, en efecto, una bellísima muchacha que, desgraciadamente para su adorador, era también incapaz de faltar a sus deberes. En una palabra: que a pesar de todos sus esfuerzos, y Dios sabe bien si el cura importunaba a la pobre mujer con sus ardientes declaraciones, parecía que jamás éste debía conseguir su propósito. Por todo esto, extrañará de seguro al lector saber que Juanita había dado una cita al sacerdote.

¡Fíese usted de las mujeres! Hace muchos años que el rey Francisco I dio una opinión de las más autorizadas respecto del asunto, opinión que nuestro enamorado hubiese debido tener presente, y que le habría hecho más circunspecto. Porque, en verdad, es indudable que una mujer tan honesta como Juanita no iba a arriesgarse a perder, por un devaneo, a su marido, su posición... y además de balde...

Si había dado cita a su director espiritual fue porque así lo dispuso su marido, que estaba resuelto a recordar al sacerdote sus deberes.

Resultó que el cura, convencido de que el herrero estaba ausente, llega una hermosa tarde a casa de su amada, sube al cuarto de la bella, que le recibe con toda amabilidad y le tolera algunas familiaridades, hasta el punto de que el digno sacerdote, perdiendo la cabeza, se desnuda por completo, quedando como un San Juanito... Con los ojos desorbitados por el deseo, ya preparado, se veía en el paraíso, cuando..., ¡zas!..., el señor cura, que sin duda pisaba sobre una trampa, desaparece bruscamente por escotillón y cae al piso inferior, entre los obreros, que esperaban su llegada en actitud no muy satisfactoria para él.

Pero el curita, hombre decidido, aunque se quedó "frío", no perdió su presencia de ánimo.

—No os molestéis, amigos míos—dijo—; me envía el Altísimo para encargaros cien mil clavos... Aquí tenéis el modelo.

LA ABEJA Y LA AVISPA

A la abeja industriosa y aplicada,
que transformaba el jugo de las flores
en riquísima miel azucarada,
por secretos primores
de su organización privilegiada,
una avispa cruel
le decía zumbando : —¡Eso no es miel!
¡Con lástima contemplo
tu afán por fabricar inmundo lodo!
Yo tengo la receta… Toma ejemplo.

Y así, zumbando la soberbia alada,
emuló de la abeja, no hubo rosa,
romero ni tomillo
donde no se pullase, codiciosa,
la trompa envenenada
de su cuerpo amarillo.
Luego se colocó en un papel
y... lo que elaboraba no era miel.
Críticos, no olvidéis la moraleja:
no es lo mismo la avispa que la abeja.

(L. CANO Y MASAS)

JUEGO DE COMPADRES

No la he visto desde ayer,
y esto de la broma pasa;
¿dónde estará esa mujer,
que casi nunca está en casa?

Perdida no puede andar,
pues sabe ya hasta el más bolo
que ella se pierde tan sólo,
cuando la van a encontrar.

Por ven si más no me embroma,
me fui a la Comedia un rato,
pues sé le gusta el idioma,
como ella dice, del Tato.

Mas ni allí, ni en el Real,
ni en Eslava, ni en Martín,
hallé remedio a mi mal
ni tuvo mi angustia fin.

Y yo no vivo sin ella:
la idolatro, y se acabó;
que podrá haberla más bella,
pero más gitana, no.

Sé que la gente murmura;
sé que me dará que hacer;
pero verla es mi ventura
y adorarla mi placer.

Porque, pese a sus desdenes
y a mi genio destructor,
y a lo amiga de belenes
que quiso hacerla el Señor,

¿No le he de tener cariño,
si hoy hace un año cabal
tuvimos juntos un niño...
en la pila bautismal?

(MANUEL DEL PALACIO)

Se dice que Balzac vivía más con los personajes que con sus contemporáneos: cosa muy cierta.

La víspera de la aparición de su obra *Eugenia Grandet,* en 1833, se encontró a Julio Sandeau.

La conversación recayó al principio sobre la salud de la hermana de Sandeau; pero Balzac escuchaba distraído.

—Todo eso es desconsolador—murmuró cuando hubo terminado Sandeau.

Y tras un momento de silencio, agregó:

—Y ahora, mi querido amigo, volvamos a la realidad. Ya sabéis que *Eugenia Grandet...*

GANZUA

Jeroma, la pitillera,
moza de fuste y de chapa,
le dijo un día a su cuyo,
hombre de su misma laya:
—Dime: ¿por dónde entrarías
si mi puerta te cerrara?
Y él contestó, sonriendo:
—Por la de atrás: cosa es clara;
¡precisamente mi llave
hace a todas las cerrajas!

(LICENCIADO BACHES)

Dijo Paula a su velado:
—Si visto con tal primor,
echo mano del valor
del dote que yo he llevado.
Él le replicó : —¿Eso sabes?
Yo cerraré bien el cofre.
Y ella dijo: —¡Ay, pobre nofre!
Lo que me sobran son llaves.

El gran rabino y el obispo discuten amistosamente. Sin embargo, el obispo no puede menos de lanzar alfilerazos a su interlocutor.

—Vea usted lo que son las cosas, gran rabino: A veces están en un pequeño detalle, un detalle insignificante. Así, Moisés prohibió a los hebreos que fuesen al Monte Sinaí. Figúrese usted que Moisés, por ejemplo, hubiese muerto allá arriba, de una congestión... Pues no habría religión judía.

—Exactísimo, monseñor—replicó el gran rabino, y agregó con una sonrisa:—Del mismo modo, si la Santa Virgen hubiese abortado..., pues no habría religión cristiana.

LA RELIQUIA

Un confesor gilito
en opinión de santidad estaba,
por lo que despachaba
de penitentes número infinito.
Además, este padre reverendo
llevaba en un remiendo
de su negra pretina
cosida una reliquia peregrina

con muchas indulgencias
que evitaban penosas penitencias
siempre que con dos dedos la tocaba
al tiempo de absolver al confesado,
y así todo pecado
con esta ceremonia perdonaba.
De clases diferentes,
el número creció de penitentes,
sabiendo la excelencia
de la nueva indulgencia
que este varón profundo
igualmente aplicaba a todo el mundo.
Una moza morena
llegó a sus plantas, de pecados llena,
con ojos tentadores, talle listo,
y unas tetas que hicieran caer a Cristo;
pues, conforme a la moda,
ya en taparlas ninguna se incomoda.
Empezó a confesarse,
y así que llegó al sexto mandamiento
de torpes poluciones a acusarse
con tanta contrición, que el movimiento
de su blanca pechera
simpatizó del fraile el instrumento,
como era natural, de tal manera,
que le causó cuidado
sentírsele de pronto tan hinchado.
La iglesia estaba oscura,
la gente no era mucha, y temeroso
de más descompostura,
el bendito varón acudió ansioso
al corriente remedio
de empuñar con recato por en medio
el miembro rebelado;
y esto fue tan a tiempo ejecutado,
que hizo un memento homo
pasándole la mano por el lomo.
La moza acabó en tanto
su confesión, y dijo al varón santo:
—Écheme, padre mío,
la sacra absolución en que confío,
y aplíqueme, le ruego, la indulgencia
que su reliquia tiene,

pues la virtud que en ella se contiene
puede excusar más grave penitencia.
Oyendo estas razones,
de su meditación medio aturdido,
el fraile volvió en sí dando un ronquido;
sacó de sus calzones,
para absolver, la mano humedecida;
tocóla en la reliquia consabida
y, en vez de bendición, echó rijoso
a la moza un asperges muy copioso.
—¡Jesús!—ella exclamó—. ¿Para qué es esto
que me ha echado en la cara?
Sintiera que pegado se quedara,
pues parece de gomas un compuesto.
A lo que respondió el fraile: —Eso, sin duda,
es, ¡ay!, que ha cometido un gran pecado,
hermana, y perdonárselo ha costado
tanto, que a mares la reliquia suda.

(FÉLIX MARÍA SAMANIEGO)

—¡Ah!, mis buenas feligresas—decía un cura desde el púlpito—, sois unas santas mujeres: dais ejemplo a todos los pueblos que nos rodean, porque venís puntualmente al tribunal de la penitencia; porque contribuís con vuestro óbolo al dinero de San Pedro; porque hacéis felices a vuestros maridos.

Todos los días doy gracias al Cielo porque me ha elegido como pastor de tan buenas cristianas.

Pero, ¡ay!, amadas feligresas, hoy tengo que entristeceros, porque sintiendo infinito tener que decíroslo, no tengo más remedio que confesar que si vosotras sois verdaderos modelos de virtud, en cambio vuestros hijos son unos hijos de puta...

GANGA

Seis mil reales don Juan, siendo soltero,
ganaba, y siempre estaba lastimero;
y con el mismo se casó,
y gran boato de repente echó.
Esto viene a probar que se hallan viñas
casándose, lector, con ciertas niñas.

(J. CASTELLANOS)

EPIGRAMA

Un mancebo de botica
tiene por novio Librada.
¡Ay, qué lástima de chica,
tan joven y amancebada!

A LA DERECHA

Un sastre de *portal,* aunque de
crédito, en cierta calle había;
y era un gran industrial, un genio inédito
que una buena parroquia reunía.

Era un especialista consumado
y sólo pantalones fabricaba,
y tenía a su lado
a una joven muy lista,
hija suya y modista,
que a su especial trabajo dedicaba
en muchas ocasiones;
por eso en pantalones
también fue la muchacha especialista.

Por conservar el sastre su sosiego,
y en bien de la inocencia de la chica,
nunca tuvo oficiales—no era lego—;
su prevención se explica:
claro, dice la copla,
que si se pone estopa junto al fuego
más temprano o más tarde el diablo sopla.

Cuando entraba al taller un parroquiano
a que el sastre le hiciera pantalones,
el maestro, por su mano,
las medidas tomaba,
y la chica apuntaba
en un papel las varias dimensiones,
quedando así en seguida,
y al detalle, razón de la medida.

Y así el sastre dictaba,
refiriéndose al largo: —Ciento cinco.
Y el diámetro marcaba
después de la cintura, y se apuntaba,
pongo por caso: ochenta. Y con ahínco
la tarea siguiendo
dibujaba del muslo y la rodilla
contorno y proporciones,
a cifras sus apuntes reduciendo
con fórmula sencilla,
y con cautela huyendo
por intuición interna
de dar explicaciones
sobre las dimensiones
que ha de tener la prenda en las regiones
tocantes *a la cruz* (vulgo entrepierna).

Llegó un joven gallardo cierto día
al taller, y encargó unos pantalones.
La muchacha escribía
lo que el padre decía
de la prenda respecto a proporciones.
Así que hubo acabado,
dejó la niña el papelito a un lado
y se fue; estaba hecha
muy bien la anotación, el nombre, fecha,
los guarismos..., y el padre vio asombrado
esta nota final: "Es abultado
y carga a la derecha".

(Enrique G. Bedmar)

Monseñor Pérez tenía la reputación, muy merecida por cierto, de ser hombre inteligente. Una noche, en una comida oficial, estaba sentado al lado de una señora de edad canónica y muy flaca, que ostentaba sobre su descarnado pecho una magnífica cruz de brillantes.

Al salir del comedor, el vicario general, que también había estado cerca de la dama en cuestión, preguntó al obispo Pérez con tono de admiración:

—Monseñor, ¿ha visto usted qué cruz?

—¡Ay!—respondió el obispo elevando los ojos al cielo—. ¡También he visto el calvario!

AMOR MOJADO

Juana, en su amoroso afán,
aunque diluvie, se obstina
en sostener una esquina
sólo por hablar con Juan.
Y como la lluvia crece,
y al volver la desdichada,
más que mujer,
bacalada puesta en remojo parece,
su madre, con triste risa,
la dice por darla oprobio:
—Esta, en encontrando al novio,
se cala hasta la camisa.

(ÁNGEL RODRÍGUEZ CHAVES)

Si a la música se inclina
tu gusto, mujer, sé cauta;
mira que murió Agustina
de tanto tocar la flauta.

Un viejo aldeano está agonizando. Llega el cura para prestarle los últimos auxilios de la religión, y antes de darle la absolución le recuerda todas las maldades de los hombres, maldades que han sido causa de la muerte en la cruz de Nuestro Señor Jesucristo.

—Mira, desgraciado—dice señalándole un gran Crucifijo que adorna la pared; y para que el moribundo pueda ver, acerca la vela que lleva en la mano—. Mira esa corona de espinas; has sido tú el que, por tus pecados, la has puesto sobre las sienes del Salvador; mira ese costado herido por la lanza del centurión..., ¡y el culpable eres tú! Mira esos pies y esas manos...: ¡has sido tú, desdichado, quien clavó esos clavos! Mira...

—¡Cuidado, padre¡—murmuró el moribundo—. ¡Cuidado con la vela! Va usted a quemarle los cojones, ¡y también dirá usted que he sido yo!

EL PLATO DE LAS PERAS

Una duquesa, allá en las Malpicas,
al oficial primero de su archivo
un gran plato mandó de peras ricas,
como pudo mandarle pavo o chivo.
Al ver obsequio tal, el caballero

siente en su corazón gozo profundo,
por ser peras de encargo lo primero,
por ser peras de balde lo segundo.
Y la pluma cogiendo al punto y hora,
pues no hay razón que a ser ingrato obligue,
la duquesa del cuento, su señora,
leyó en una tarjeta lo que sigue:
"Agapito Fernández de las Heras
no sabe de qué modo agradecerle
el hermoso regalo de las peras
que su excelencia se ha dignado hacerle."

(EL BACHILLER ROJAS)

LA CERRADURA

No sé decir si es cuento o si es historia;
mas si no sucedió suceder pudo,
y yo, aunque aquí resulte un poco crudo,
según lo he conservado en la memoria
lo voy a referir. Pues es el caso
que una noche de enero tormentosa,
caminando a buen paso
volvían a su hogar en las vacantes
dos apuestos y alegres estudiantes,
pensando en encontrar una posada
donde buscar reposo
y guarecerse de una lluvia helada.

Por su suerte, tal vez quiso el destino
a la luz de un relámpago mostrarles
una casa no lejos del camino,
por un viejo habitada y por su esposa,
que era, a más de muy joven, muy hermosa.

Aunque no sin disgusto y repugnancia,
el viejo accedió luego
de los alegres jóvenes al ruego,
y del hogar en la apartada estancia
les ofreció un albergue y un buen fuego,
mientras él en la alcoba,
que ocultaba tan sólo una cortina,
de su mujer al lado

se metía en la cama, descuidado.

Y aquí la historia hubiera concluido
si el destino, tan fiero como ingrato,
no hubiera consentido
la lluvia acrecentar al poco rato,
la lumbre amortecer, morir la llama,
y en el hogar entrando de agua un río
de allí a pocos instantes
poner a los dos pobres estudiantes
al borde casi de morir de frío.

Buscar calor hubiera sido en vano,
que en la casa tan sólo existe un lecho,
que ocupan los esposos. Mas si es llano
que ella es caritativa y él humano,
no hay que decir que, puestos de consuno,
pensaron uno y otro
meter con ellos en la cama uno,
aunque al fin y a la postre fuera el hecho
que los dos se albergaron en el lecho.

Que el viejo no durmió no hay que decirlo,
pensando con cordura;
pero sí hay que añadir, y no es desdoro,
que la mano posó en la cerradura
del arca en que guardaba su tesoro.

Mas hete aquí que crece el aguacero,
la tempestad redobla, el trueno estalla,
en lúgubre batalla
chocan los elementos,
el rayo ruge fuera;
religioso el abuelo,
eleva sus plegarias hacia el cielo,
la maño quita lleno de tristura
al persignarse por la vez primera,
y al volverla a poner, ¡oh suerte fiera!,
ocupada encontró la cerradura.

(JOSÉ MARÍA ZORITA)

MUESTRAS DIVERSAS

De humanidad.—"Ha mejorado notablemente de su enfermedad el procesado Faustino Pérez y Pérez. Los médicos creen segura su curación. En cuanto estos digan que está fuera de peligro, se espera que el gobernador fije el día para su ejecución."

De Moral.—Orden de la villa de Norphelt:

"Artículo 1.° Se prohíbe a todo hombre o mujer, macho o hembra, cometer actos de relación sexual entre ellos, en todos los lugares comprendidos en los límites de esta población.

Art. 2.° El artículo 1.° no será aplicable a las personas casadas cuando sean marido y mujer, salvo cuando los ejecuten en forma groseramente indecente o lasciva."

La voz del ojo que llamamos pedo,
ruiseñor de los presos, detenida,
da muerte a la salud más prevenida
y el mismo Preste Juan le tiene miedo.
Mas pronunciada con el labio acedo
y del pujo canoro despedida,
con risas y con pullas da la vida
y con puf y con asco siendo quedo.
Ríome del poder de los monarcas
que se precian, cercados de tudescos,
de dar la vida y dispensar las parcas.
Pues en el tribunal de sus gregüescos,
con aflojar y reprimir las arcas,
cualquier culo lo hace con dos cuescos.

(QUEVEDO)

A MONTAR...

Varias jóvenes se hallaban
dispuestas a viajar,
y empezaron a montar
en los jacos que llevaban.
—¿Quién me monta a mí?—Juanita
gritaba con mucho afán,
y su criado Damián
le dijo: —Yo, señorita.

(J. CASTELLANOS)

Algunas definiciones:

Cab: Un coche en que el superior, colocado en el interior, no puede ver la parte posterior de su inferior colocado al exterior.

Cebra: Un caballo que se ha acostado sobre un banco recién pintado.

Bis (adverbio): Una palabra que no tiene sentido para los hombres que han pasado de los sesenta años.

Posada: Pequeña caverna, con patente.

CASO DE CONCIENCIA

De amor enfermó Leonor,
y por su poca experiencia,
como caso de conciencia,
consultó a su confesor.

Acertó a curarla aquel,
y hoy dice la coquetuela:
—A mí nadie me consuela
como el padre Rafael.

(A. Pareja Serrada)

LA CENA

—Sube a cenar, Dorotea
—dijo el señor don Pascual.
—No quiero que me haga mal,
aunque una tajada sea.

Al ver tanta obstinación
como la chica tenia,
repuso amable:
—Hija mía,
no te hará mal: ¡si es capón!

(J. Castellanos)

Había un cura aragonés que odiaba a los ingleses, con toda su alma. Sin embargo, como era una excelente persona, no les manifestaba esta antipatía, y hasta les enseñaba su iglesia, cuyos muros estaban adornados por numerosos *exvotos*.

Recientemente llegó un inglés a la parroquia, y como de costumbre, el cura le mostró sus tesoros. El inglés se detuvo ante un pequeño ratón de plata colgado por la cola.

—¿Qué es esto?—preguntó al cura.

—Esto, caballero—respondió éste—, es un *exvoto,* como todas esas cosas que ve usted en las paredes. Parece que hace unos doscientos años, el país fue invadido por una cantidad tal de ratones que produjeron daños extraordinarios. En vista de semejante catástrofe, los fieles se dirigieron a la Virgen ofreciéndole ese ratón de plata que ve usted, y se asegura que al día siguiente habían desaparecido todos los ratones.

—¡Ah! ¡Ah! ¡Muy bien! ¡Muy bien! —dijo el inglés—. Pero usted no creerá tal historia—agregó; con tonillo irónico.

—¡Oh!, no—respondió vivamente el cura—. Si creyese tales milagros, hace tiempo que habría colgado de la cola a un inglés.

No hay pueblo alguno donde no se encuentre
como ley anterior a todo Estado,
la carga de marchar al excusado
cuando, a su modo, lo reclama el vientre.
La siempre fiel naturaleza avisa
de cacas o de culpas la presencia,
llamando al cagalar, o a la conciencia,
con angustiosa prisa,
lo mismo en el anciano que en el niño,
para que brillen, con albor de armiño,
el alma y la camisa:
y echarla de valiente,
desoyendo su aviso, no es prudente.
Pero el valor audaz se pone el miedo,
siendo los dos de la prudencia escollos;
porque si siempre que al salir del ano
canta su dulce libertad un pedo,
recelas ulteriores desarrollos,
y corres al retrete más cercano,
querrás cagar, y sudarás en vano;
que no está siempre el horno para bollos.
En este abuso irracional tropieza
el pulcro don Matías,
por su excesivo amor a la limpieza.
¡No hay hombre que no tenga sus manías!
Aun de noche, tan sólo sospechando,
por tal cual pedo tísico y mezquino,
que viene el desembarco de camino,

ya se figura que se está cagando:
da vueltas sobre vueltas, pierde el tino,
y lo mismo en verano que en invierno,
saltando de la cama, va al retrete,
donde, entre terno y terno,
sólo lanza algún mísero cohete;
sin que, después de trasudores grandes,
y de hercúleos trabajos,
ponga una pica en Flandes,
quiero decir... en los países bajos.

¡Toda exageración es siempre mala!
¡Ni audaz ante el peligro, ni miedoso!
La loca audacia, en la ocasión resbala;
y el miedo vergonzoso
se espanta de cualquier pedo sin bala;
y se resiste a comprender que a veces
es mucho más el ruido que las nueces.

(X.)

EL DEDO DE JUANITA

Juana un dedo se quemó:
—¡Sóplame tú, Perico!
¿Qué pensáis que sucedió?
Pues nada; va el muy borrico,
se acerca, y se lo sopló.

(JUAN RANA)

Como ocurre aun al hombre más decente,
se le ocurrió cagar a don Clemente.
Y esperando, en el parto, un buen suceso,
decía, sonriéndose, el muy pillo:
—¡No hay placer tan honesto y tan sencillo
como aliviar al vientre de su peso!
Mas—¡oh desilusión!—era tan gordo
el nonnati mokordo,
que se negaba a abandonar sus lares;
tan rebelde, tan sordo
a todos los esfuerzos musculares,
y aun a la entrometida lavativa,

que ni hacia dentro ni hacia fuera iba.

En negocios que son de algún cuidado
es siempre conveniente hilar delgado.

(X.)

Durante su estancia en Madrid, una rica americana fue asistida por un doctor que llamaremos López.

Cuando iba a embarcar con rumbo a los Estados Unidos, la dama fue a verlo; ofreciéndole una linda cartera de piel con un monograma de oro.

—Doctor—le dijo—, ¿quiere usted aceptar este recuerdo mío?

El doctor, que precisamente se disponía a enviar la cuenta, creyó que su cliente buscaba un medio ingenioso para no pagarle.

—Se lo agradezco mucho, señora—dijo, un poco escamado—; pero le agradecería más que me abonase mis honorarios.

—¡Ah!, ¿de veras? En ese caso, ¿cuánto le debo, doctor?

—Dos mil quinientas pesetas.

La dama abrió la cartera, que estaba llena de billetes de Banco, separó dos mil quinientas pesetas y luego se guardó la cartera con el resto.

¡Contenía diez mil pesetas!

AL MAESTRO, CUCHILLADA

Allá en tiempos pasados
salieron desterrados
de la Grecia los dioses inmortales.
Un asilo buscaban
cuando en nuestro hemisferio se fundaban
diversas religiones monacales,
y entre ellas, por gozar la vida bona,
se refugió el dios Príapo en persona.
De tal deidad potente el atributo
con que hace cunda el genitario fruto,
es que todo varón que esté a su vista
siempre tenga la porra tiesa y lista.
Conque de esta excelencia
sintiendo la influencia,
en todos los conventos donde estaba
el vigor de los frailes se aumentaba,
de modo que las tapias eran pocas
para tener a raya sus bicocas.
Furibundos salieron y atacaron

a roso y a velloso;
pero, aunque más metieron y sacaron,
el efecto rijoso
no por eso cedía,
y cada miembro un roble parecía.
El dios Príapo al momento
vio que este monacal levantamiento
sus fuerzas desairaba,
pues más que él cualquier fraile trabajaba,
y por miedo a los rudos empujones
de tales campeones,
abandonarlos luego
pensó, tomando las de Villadiego.
Fuese, por no pasar el tiempo en vano,
a un convento de monjas de hortelano;
pero cuando las madres recogidas
sintieron de tal dios las embestidas,
crecieron sus deseos
a par de los continuos regodeos,
tanto, que al huésped molestando andaban
y a punto el postre daban y tomaban.
Entre ellas, el potente fornicario
todavía estuviera
si un caso extraordinario
por su influjo viril no sucediera;
y fue que, como siempre en los conventos
hay algunos jumentos,
en este dos las monjas mantenían
que los trabajos de la huerta hacían;
ítem más, un berraco había en ella,
de gordura hecho pella,
y un choto ya mancebo
que para procrear tenía cebo;
por desdicha, los pobres animales
sintieron los impulsos naturales
del dios que los cuidaba,
y al tiempo que en la huerta paseaba
la femenil comunidad en tropa,
oliendo que eran hembras en la ropa,
el cerdo con gruñidos,
el choto con balidos
y los asnos a dúo rebuznando
y sus virotes a lucir sacando,

tras de las monjas daban
y, aunque corriesen, bien las alcanzaban;
pero como enfilarlas no podían,
en el suelo caían,
donde de polvo, esperma y otras cosas
las dejaban molidas y asquerosas.
Entonces, protección al hortelano
pedían, pero en vano,
porque a los animales su presencia
aumentaba la gana y la potencia.
Así que esto las madres conocieron,
por el Maligno a Príapo tuvieron,
que, después de gozarlas,
enviaba el Señor a castigarlas;
conque, dando al olvido
los méritos del dios antecedentes,
después que le hubieron despedido,
quisieron, penitentes,
de su buen confesor aconsejadas,
sólo por este ser refociladas.
Príapo, despachado,
se marchó a la mansión de un purpurado
de geniazo severo,
donde entrar pretendió de limosnero.
El señor cardenal con mil dolencias
se hallaba, de sus obras consecuencias,
con tres partes de un siglo envejecido
y en la cama impedido,
cuando sus pajes en la alcoba entraron
y al pretendiente dios le presentaron.
Ya había en ellos hecho
la presencia del huésped buen provecho
inflamando sus flojas zanahorias
de suerte que, tornando a la antesala,
las empuñaron con primor y gala
y se hicieron sus cien dedicatorias.
En tanto, el cardenal, que estaba a solas
con Príapo, sintió que se estiraba
el cutis arrugado de sus bolas
y que se le inflamaba
tanto su débil pieza,
que enderezó la prepucial cabeza.
Hallóse, finalmente, como nuevo,

y echándole al mancebo
una ardiente ojeada,
saltó del lecho, la camisa alzada,
cerró la puerta y atacó furioso
a Príapo a traición, que, valeroso,
vio que era, en tal apuro,
descubrirse el remedió más seguro:
Con efecto, impaciente;
se destaca y muestra de repente
al cardenal impío
por miembro un mastelero de navío.
Quedóse estupefacto el purpurado
porque, a su vista, el suyo, viejo y feo,
era lo mismo que poner al lado
del Coloso de Rodas un pigmeo;
y mucho más oyendo que decía
el dios : —¡Habrá mayor bellaquería!
Sacrílega eminencia,
la que tu miembro entona,
porque soy el dios Príapo en persona:
las cópulas protejo naturales,
pero no los ataques sensuales
de puerca sodomía ;
y pues gozar ojete es tu manía,
quédese el tuyo viejo,
que en sempiterna languidez lo dejo.
—¡No, por la diosa Venus!—humillado
exclamó el cardenal—. ¡A ti, postrado,
dios de fornicación, perdón te pido!
Mis sucias mañas echaré en olvido;
pues, más que en flojedad tan indecente,
quiero tenerlo tieso eternamente.

(Félix María Samaniego)

El obispo que dirige una diócesis montañosa emprende una gran *tournée* pastoral. Pero como tiene que visitar todas las parroquias, hasta las más pequeñas, perdidas en la montaña, a dos mil metros de altura, hace el viaje a caballo.

No es, en verdad, muy brioso el corcel de monseñor: tiene veinte años, es pacifico, es zambo, pero un verdadero caballo, y no un caballo eunuco: no ha sido capado, y acaso esto explique cómo el pobre animal puede prestar aún servicio.

Un buen día llegó el obispo a una aldea de doscientos habitantes, donde fue recibido con todos los honores, dirigiéndose al curato, que era la única casa medio decente del país. Los habitantes de la aldea se excedieron a sí mismos, y a pesar de los pocos recursos del Municipio, se obsequió a monseñor con una comida pantagruélica. Sin embargo, "su grandeza" parece inquieto y llama al cura aparte:

—Perdone que le moleste, señor cura ; pero querría recomendarle que cuiden bien de mi caballo. Es un viejo animal al que estimo de veras. Me habéis tratado como a un rey, y le ruego traten a mi caballo como a mí mismo.

—Puede estar seguro monseñor de que su caballo será tratado como usted mismo—respondió el buen cura.

A las once de la noche, todo el mundo a la cama. El obispo se acostó en la propia cama del cura, y éste en casa de unos vecinos.

Pero ¡qué catástrofe! Ocurrió que a la media hora, poco más o menos, el buen cura, que había metido el caballo del obispo en la misma cuadra que estaba su viejo jumento, creyó conveniente ver si todo estaba en orden.

¿Y por qué diablos se le ocurrió entrar en su casa?

Porque no tuvo más remedio que comprobar que monseñor, sin duda para calentar su cama, había metido en ella a su excelente ama Gertrudis, cosa que le molestó mucho, teniendo en cuenta que esta digna matrona le prestaba habitualmente este mismo servicio.

Fácilmente se comprenderá que esto no satisfizo al pobre hombre; pero lo más extraño es la anodina venganza que tomó de esta afrenta.

Veremos lo que hizo. Volvió a la cuadra y desató a los dos animales.

¿Qué ocurrió entonces allí? No estábamos presentes, desde luego, pero tenemos motivos para creer que el viejo caballo de su grandeza no se había dado nunca un festín semejante...

Al día siguiente, el obispo se despidió, montó a caballo y apenas había andado veinte pasos cuando bruscamente su montura se desploma. Se levanta con trabajo, y apenas da otros pasos, de nuevo viene al suelo el pobre bicho.

—Dígame, señor cura—exclama furioso el obispo—, mi caballo no puede tenerse sobre sus patas... ¿Qué ha hecho usted con él?

—Absolutamente nada... Me he limitado a tratarle como a su eminencia... Exactamente como a monseñor—añadió después de una pausa y subrayando irónica y respetuosamente estas palabras.

Lo menos bello y más apetecido
lo más oculto y menos ignorado,
aquello a que el deseo aspira osado
e invencible gozando el sentido;
Aquel coral, aquel rubí partido,
aquel no sé qué hermoso imaginado,
aquello que a la fuerza ha contrastado
y en sangre rompe el gusto más rendido;
Por lo que nace el hombre y muere el hombre,
lo que trueca las ansias en placeres,

por quien pierde la fama su renombre,
e imitando a la luna si lo infieres
tiene meses y días sin que asombre,
el paréntesis es de las mujeres.

(F. Damián Cornejo)

—¡Adiós, Julia! —¡Adiós, Fernando!
—¿Qué tal va? —Vamos viviendo;
¿y tú, chica? —Voy tirando:
de día, por aquí me ando,
y por la noche, me tiendo.

Un caballero llega a una iglesia. Va vestido de negro y lleva en la mano una corona. Con sorpresa contempla el brillante cortejo de invitados, todos con vistosos vestidos:

—¡Cómo es esto! Otra vez me he equivocado: lo que tenía hoy era una boda.

EL TALEGO DE PEPA

Pepa, que es mujer de popa,
siempre que vuelve del río
lleva en la cabeza un lío
que es el talego de ropa.

Un pecho como un azumbre
muestra pujante y gallarda;
pero en la puerta le aguarda
el registro de costumbre.

El del fielato le gritó:
—El talego baja luego.
La muchacha lo bajó
y le registró el talego.

(El Licenciado Vidrieras)

LA CARTA DE MARTA

Marta, leyendo una carta
que sobre la falda tiene:
—¡Miren con lo que me viene
—dijo—; de Luis estoy harta!

¡Harta Marta! Por mi vida
aseguro que mintió:
podrá encontrarse rendida...,
pero lo que es harta..., no.

(A. Pareja Serrada)

Un joven vicario actúa por primera vez en el confesonario.

Ya habían pasado ante el santo tribunal varias penitentes, cuando le tocó el turno de arrodillarse ante la rejilla a una joven vestida de sedas y encajes.

—Padre mío, me acuso...

Debía tener muchos pecados sobre su conciencia, porque la confesión fue larga. Por fin, el joven sacerdote se disponía a darle la absolución cuando ella, tímidamente, con voz entrecortada, le indicó que aún tenía algo que decir.

—Padre mío, he hecho una cosa muy mala... Me da vergüenza confesarlo...

—Hija mía, no puedo darle la absolución sino después de una completa confesión.

—¿Cómo lo diré, padre?... Mi marido ha sido la causa... Hacía que me pusiese de rodillas delante de él... y...

Debemos creer que por joven que fuese el sacerdote no era novicio, porque comprendió en el acto las explicaciones de la penitente; pero no sabía qué penitencia imponerla. Pensó un rato, y no se le ocurría nada. Desesperado, acudió al párroco y le expuso la situación.

—He aquí—le dijo—un caso que yo no había previsto. ¿Con qué se pagaría eso, señor cura?

—Yo—contestó éste, distraído—, yo daría veinte pesetas; pero creo que para usted, que es joven, bastará muy bien con diez pesetas.

EL AJUSTE DOBLE

A casa de una moza un estudiante
llegó, pobre y tunante,
y por poco dinero
le pidió algún carnal desaguadero.
—No puedo socorrerle en ese apuro
—ella le dijo—sin que pague un duro;
no lo hago más barato
porque anda malo el tiempo y malo el trato.
Llevaba el estudiante únicamente
el duro que la moza le pedía,
mas no le convenía
gastarle en un desagüe solamente,

y así le respondió: —Por el dinero
no habrá dificultad; pero primero
haga la diligencia
menor en su orinal a mi presencia;
que yo, viendo su líquida corriente,
conozco si el rincón está doliente.
—En eso no hay reparo
—la moza replicó. Luego la hizo,
y el estudiante avaro
con esto su deseo satisfizo,
porque una tercia y algo más sacando
y el orinal alzando,
empuñó la cualquiera,
diciendo en su función pasamanera:
—Con caldo se contentan mis culadas,
porque valen muy caro las tajadas.
La moza, de la treta arrepentida,
le dijo: —No prosiga, por su vida,
que yo no tengo el corazón tan duro
y se lo empuñaré por medio duro.
Al punto el estudiante, alborozado,
el partido aceptó, y en el estrado
junto a ella se coloca,
a su arbitrio dejando la bicoca.
La moza, con despejo,
ya le afloja o aprieta,
ya le pliega el pellejo,
y en sus pasavolantes
también dio en trasegar con los colgantes.
En tanto que él se holgaba,
ella atenta observaba
el crítico momento
de la expulsión; y a cierto movimiento
que hizo el pobre estudiante indicativo,
tapando el agujero expeditivo
le dijo: —Señor guapo,
si no me dais un duro, no destapo.
El, viéndose burlado en tal aprieto,
le dijo:—Te lo doy si te lo meto,
pues el ajuste doble que propones
no es justo si debajo no te pones.
La moza, que lo mismo deseaba
para probar la pieza que empuñaba,

se convino al instante
a la proposición del estudiante,
y quitóse la ropa
en una santiguada,
y, cogiendo la paga deseada,
tendióse y la metió bajo su popa
y se prestó después al regodeo
de su carnal deseo;
y en tanto que retoza
y en ondulantes giros se alboroza,
el estudiante, que acabó primero,
cogió con disimulo su dinero;
mas, cuando iba a marcharse,
le echó de menos la moza al levantarse,
y le dijo: —Detente,
porque se me ha perdido
el duro que me diste;
ayúdame a buscarle.
A lo que él repuso: —En ti podrás hallarle,
pues como con tal furia te moviste,
si bajo de las nalgas le has metido,
le encontrarás en ellas derretido.

(FÉLIX MARÍA SAMANIEGO)

Un misionero acaba de convertir, a un negro, que derrama abundantes lágrimas escuchando el relato de la Pasión del Salvador. De pronto, el nuevo cristiano siente una gran cólera contra los judíos, que abofetearon y crucificaron al pobre Jesús.

Con su matraca en la mano, se dirige a casa de Salomón Zechri, le pide unos minutos de conversación, lo saca a la calle y le propina la más soberana paliza que judío alguno haya recibido.

El agredido, chillando y pateando, decía que él no había hecho mal.

—Tú haber crucificado mi Señor Jesús—contesta el negro.

—Pero si eso hace dos mil años—suplicaba el pobre Salomón.

—Sí, será verdad; pero yo no lo he sabido hasta hace una hora.

MAL DISFRAZ

Un día de Carnaval
dijo a su esposa Isidoro:
—Pienso vestirme de moro,
porque no estaré muy mal.

—¡Hombre! Es idea oportuna
—repuso aquélla, contenta—;
ya verás qué bien te sienta:
te pondré la media luna.

(X.)

EL FUEGO DE UNA ESPOSA

Cuando entró en casa don Diego
se quedó el pobre admirado
al ver a un joven sentado,
con su bella esposa, al fuego.

Después que hubo de ausentarse:
—¿Qué quiere?—dijo el marido.
Y ella contestó:
—Ha venido...,
ha venido... a calentarse.

(G. BUENO)

Un jornalero gallego había intentado dos veces ahogarse, y las dos veces había sido salvado por un segador que se arrojó al agua logrando pescarle. El desdichado, decidido a terminar con su vida, aprovechó un momento en que creyó que nadie le veía y con una cuerda se ahorcó de la puerta de un pazo. El segador, que se apercibió de dicha acción, lo dejó hacer. Pocas horas después, el amo del pazo, al ir a entrar en la casa, tropezó con el ahorcado, y preguntó al segador por qué había dejado morir a su camarada ante su vista.

—Señor—replicó el interpelado—, dos veces lo he sacado del agua hoy mismo, y como estaba mojado de pies a cabeza, creí que se había colgado para secarse.

LA DUDA

Después de noches llenas
de insomnios y pesares,
de encender cirios y hacer novenas
sin tener sucesión al santo yugo,
dijo cierto doctor a un tal Verdugo
que mandase a su cónyuge a Aguas Buenas,
por poseer aquellos manantiales
para el caso virtudes especiales.

Hízose así; mas se quedó el esposo
confiando en aquella panacea,
y con él una chica del Toboso,
sobrina, al parecer, de Dulcinea.

Cinco meses pasaron;
al fin, la esposa regresó a la corte,
y el marido y la chica la esperaron
una mañana en la estación del Norte.

La pobre viajera aún padecía
de la esterilidad amargas penas,
y algo raro en la chica observaría,
que así la hizo exclamar: —¡Por vida mía!
¿Eres tú la que vienes de Aguas Buenas?

(JAIME MARTÍ-MIQUEL)

Tres hijos perdió Bartolo;
y con perder a los tres,
no falta quien dice, Inés,
que no ha perdido uno solo.

Un aldeano extremeño que tenía un pleito fue a ver a un abogado, que le dijo:

—Amigo mío, perderá usted el pleito; la ley está terminantemente contra usted.

Y, al mismo tiempo, le señalaba con el dedo el artículo de la ley en cuestión. El aldeano dijo entonces :

—Maestro, a pesar de eso, siga usted; ¡quién sabe si los jueces acaso se equivoquen!

En aquel instante salió el abogado un momento de su despacho, y el aldeano se aprovechó de la ausencia para arrancar la hoja que el abogado le mostró. Metió la hoja en su bolsillo y se escapó sigilosamente como el que ha cometido un delito.

El abogado defendió el asunto con gran elocuencia, y ganó el pleito. Al salir de la audiencia se acercó el interesado.

—Amigo mío—le dijo el abogado—, se ha ganado su pleito, contra lo que yo pensaba.

—Caballero—le contestó—, yo no podía perderlo.

—¿Y por qué?—preguntó el abogado.

—¡Caramba!—exclamó el aldeano—.Muy sencillo: aquí tiene usted la hoja de la ley que me condenaba, y que me guardé en el bolsillo.

LA DESPOSADA DEL REY DE GARBE

(De un cuento de Boccacio)

Del sultán de Babilonia,
Benincedel él valiente,
era la hija predilecta
Alatiel, ángel celeste
hermoso como la luna
y puro como la nieve.
El rey de Garbe la amaba;
alcanzó su mano en breve,
y hacia su futuro reino,
seguida de muchas gentes,
la prometida partió
sobre una nave trirreme.
Una tempestad furiosa,
levantada de repente,
hizo la nave pedazos:
fueron pasto de los peces
damas, señores y pajes,
y de la niña inocente
al islote de Mayólica
arrojado el cuerpo inerte.
Un rico señor vivía
en aquel retiro agreste.
Recogida en un castillo,
la niña lloró su suerte.
Y de su gracia prendado
el castellano imprudente,
con malas artes y astucias,
tras la embriaguez de un banquete,
abusó de aquel manojo
de azucenas y claveles.
Un hermano del señor,
turbulento mozalbete,
encendido al ver aquella
hermosa del Oriente,
en una noche la roba,
ayudado de sus fieles,
y en una nave se escapa
llevando su carga débil;
pero el patrón de la nave,

que al mirarla amores siente,
echa al agua al seductor,
la consuela como puede,
y con ella desembarca
en lejano continente.
La fama de su hermosura
llegó diferentes veces
al príncipe de Morea,
que por verla empeño tiene,
y el patrón, para ganarse
sus favores y mercedes,
al palacio se la envía
cual delicado presente.
Poco le duró tal dicha:
pues al cabo de dos meses,
al verla el duque de Atenas,
no sabe si vive o muere;
mata al príncipe, la arranca
por fuerza del regio albergue,
y huyen en el más fogoso
y veloz de los corceles,
y así, por diversos modos
y variados incidentes,
fue favorita del príncipe
Constantino y el deleite
de Osbech, el rey de los turcos,
que en gran batalla le vence;
de Antíoco, su protegido,
que en secreto la protege,
y de un mercader de Chipre,
hombre de cuantiosos bienes.
Un servidor de su padre
se la encuentra de repente
en Chipre, y a Babilonia,
contento, con ella vuelve;
lloró de gozo el soldán,
que ya creía en su muerte,
y la niña, interrogada,
sin turbarse ni correrse,
contó del triste naufragio
los terribles incidentes,
y dijo que, por milagro,
salvada ha vivido indemne

en remoto monasterio
entre piadosas mujeres.
El padre creyó la historia,
cosa que siempre sucede.
El rey de Garbe, al saberlo,
de regocijo enloquece,
y hacia su reino futuro,
seguida de muchas gentes,
volvió a partir la cuitada
en una nave trirreme.
Llegó allí: fue recibida
de una manera solemne;
hubo músicas y fiestas,
y ceremonias, y preces
en la noche de las bodas;
y a la mañana siguiente,
el rey de Garbe exclamaba
más que unas pascuas alegre:
—¡No hubo hombre de más fortuna!
¡Ni rey más feliz que éste!
¡Hermosa, noble, doncella
y pura como la nieve!

En aquellos tiempos y estos,
los vasallos y los reyes,
a cada paso, en la vida,
tomamos gato por liebre.

(M. Echegaray)

—Augusto, alguien ha tocado esta botella de coñac.
—¡Oh; yo no he sido, señora!
—¿Está usted seguro?
—¡Sí, señora! Por más que hice, no pude descorcharla.

CUERNOS

—Chica—dijo a Pepa
su marido Pepe—:
creo que te apuntan
cuernos en la frente.
Y ella, cariñosa,
contestóle : —Puede...;

dime con quién andas,
te diré quién eres.

(J. M. V.)

El obispo iba a desayunar cuando le anunciaron la visita de un abad.
El obispo le invitó a desayunar, negándose el abad. Y como aquél insistiese:
—Monseñor—dijo el abad—, he desayunado ya dos veces, y hoy es día de ayuno.

UNA PRIMADA

Vicenta se confesaba
con el padre fray Modesto,
y llorando se acusaba
de cierta infracción del sexto.

—Veo—dice el confesor—
que os tienta el diablo, Vicenta.
Y ella advierte:
—No, señor;
es un primo el que me tienta.

(E. SEGOVIA ROCABERTI)

El guardián de un Museo, al público extranjero:
—Al visitar esta sala este presidente de la República pronunció estas palabras históricas: "Yo deseo que cuantos extranjeros vengan a visitar estos lugares, no olviden a España..., ni la propina del guarda".

EL CENACHO DE DOÑA JUANA

Con un muchacho muy lerdo,
Juana Rizo de Buendía,
entró por carne de cerdo
en una salchichería.

Entre ajustes y reclamos,
cierto chorizo compró,
el cual, en limpio, pesó
un kilo con quince gramos.

¡Gran chorizo! ¡Pieza rara!
Extremeño—por más señas—
que a tres dueñas consolara,

cuando en España hubo dueñas.

—¿Qué haces, chiquillo? Anda presto,
si no quieres que me enoje;
ese chorizo recoge
y pónmelo aquí en el cesto.

Hablando así Juana Rizo
muestra el cenacho al muchacho,
el cual, cogiendo el chorizo,
se le puso en el cenacho.

(El Bachiller Rojas)

LO QUE LE FALTABA A JUANA

Cierto día, doña Tecla
tomaba la cuenta a Juana,
que es la chica más lozana
que ha tenido y tiene Yecla.

Mas algo olvidar debió
la moza en el inventario,
cuando en tono atrabiliario
doña Tecla, al fin, gritó:

—Con más bromas no me andes,
que ya mi bilis se exalta;
o alguna partida falta
o sobran tres perras grandes.

—Vuelva usted a leer la cuenta.
Garbanzos, carnero, coles,
chocolate, caracoles,
arroz, tomates, pimienta...

—Basta—al cabo, con rubor,
Juana gritó en voz muy alta—.
Ya sé yo lo que me falta.
¿Qué?
—Los huevos del señor.

(Ángel Rodríguez Chaves)

Se trata de una historia andaluza. Es un poco absurda, pero tan divertida que no vacilamos en narrarla. Y ahora, lectores, procurad leer entre líneas.

Joselito sintió un día la necesidad de confesarse; todo llega en el mundo. Joselito no es un penitente como los demás; mientras la generalidad de estos procuran disimular sus pecados, él exagera a su gusto su número e importancia.

El sacerdote escuchaba aquel chaparrón de faltas, a cual más graves, completamente trastornado; Joselito inventaba a su placer, mentía como se sabe mentir en Sevilla, con ingenio y gracia, y el cura, andaluz también, lo sabía. Pero cualquiera intenta callar a un fresco al que se le ha metido en la cabeza *epatar* a su confesor. Por tres veces había intentado éste poner un freno a aquel desbordamiento de mentiras, cuando Joselito, decidido a dar el golpe final, dijo al cura:

—Padre mío, ya no me queda que confesar más que un pecado; pero es tan grave, tan grave, que no sé cómo confesarlo.

Habló con un acento y un aire tan contrito, que conmovió al sacerdote, quien ya comenzaba a impacientarse.

—Hijo mío, todo debe confesarse.

—Es que..., es que es una cosa tan vergonzosa... que no sé cómo empezar.

—Vamos, decídase..., o no le absuelvo.

—Pues bien, padre...; verá usted. Yo me encontraba en la India. Hacía ocho días que me hallaba en la selva sin más compañía que mi carabina "Winchester"; vivía de conservas y el producto de la caza. Todo fue bien durante algún tiempo; pero al terminar el séptimo mes, comprenderá usted fácilmente, padre, que sentía una gran necesidad de dedicar un ratito a la primera mujer que llegase por allí. ¡Ay! Jamás aparecía ninguna, por la sencilla razón de que la selva estaba infestada de fieras... Yo quise llevar con paciencia mi desgracia. ¡Me aguantaba! Pero estaba loco por la excitación nerviosa, y un buen día llegué a creer que lo estaba realmente, pues engañé y poseí a un tigre, uno de esos hermosos tigres de Bengala... ¿Cómo hice esto? ¡No lo sé! Ya se lo he dicho, padre: yo debía estar loco; lo cierto es que...

—¡Un tigre!... ¡Vamos, hijo mío; eso es imposible!... ¡Un tigre! .

—Sí, padre: ¡un tigre!

Joselito insiste y jura por todos los dioses que ha realizado semejante acto, y el cura, trastornado, no sabiendo qué pensar, y como último argumento, dice a su penitente:

—Escuchadme, hijo mío. Lo que me ha contado es realmente tan extraordinario, que necesito reflexionar antes de imponerle una penitencia... Vuelva mañana...

Al día siguiente, Joselito se presentó a la hora convenida. El sacerdote le esperaba apoyado contra el confesonario. Apenas apercibió a su penitente, le apostrofa furioso:

—¡Embustero, mentiroso! ¡Se ha burlado bien de mí con su historia del tigre!... ¡Bonito cuento me ha colocado! Yo he ensayado con un pobre gatito insignificante..., y mire.

Y al decir esto, el cura levanta su sotana.

—¡Mire mis cojones! ¡Pedazo de cerdo!

LAS CUATRO OREJAS

Riñendo a su esposa Andrés
por yo no sé qué pecado:
—¡Calla—le dijo enfadado—,
animal de cuatro pies!

Y ella, frunciendo las cejas,
dijo: —No es por injuriarte;
pero bien puedo llamarte
animal de cuatro orejas.

(JUAN MARTÍNEZ VILLERGAS)

No habiendo moda segura
en la forma del sombrero,
pidió un día don Severo
un consejo a su futura.
Sonrió al ver su sobresalto
ella, y dijo: —No te enrede;
por lo que suceder puede,
Severo, ¡cómpratelo alto!

No pudiendo ya vencer
Ramón de su hijito el llanto,
dijo: —Toma a nuestro encanto.
Y lo entregó a su mujer.

Al tomar esta al infante
dijo, amoscada, a Ramón:
—¡Siempre este chico llorón
me lo metes por delante!

EL RAIGÓN

Mientras ausente estaba
un pobre labrador de su alquería,
su mujer padecía
dolor de muelas; esto lo causaba
un raigón que, metido
en la encía, tenía carcomido.
En el lugar hacía de barbero

un mancebo maulero
a quien ella quería,
por lo cual mandó a un chico que tenía
le buscase y dijese
que a sacarle un raigón luego viniese.
El rapabarbas, como no era payo,
vino con el recado como un rayo,
y para hacer la cura
se encerró con la moza. ¡Qué diablura!
A veces son los niños de importancia
para que en la ignorancia
no se queden mil cosas
picantes y graciosas;
digo esto porque nunca se sabría
lo que el barbero con la moza hacía
a no ser por el chico marrullero,
que, curioso, atisbo en el agujero
de la llave la diestra sacadura
del raigón. Repitamos: ¡qué diablura!
La operación, quirúrgica acabóse
y el barbero marchóse
dejando a la paciente mejorada,
mas del tirón bastante estropeada,
mientras el chico, alerta,
a su padre esperó puesto a la puerta.
Este, a comer viniendo presuroso,
preguntóle al muchacho cuidadoso:
—¿Está mejor tu madre?
Y el chico dijo: —Ya está buena, padre;
porque a poco que vino
el barbero a curarla,
quiso el raigón sacarla,
y se encerraron para... ya usted sabe;
bien que yo por el ojo de la llave
pude con disimulo
ver que no sacó muela,
sino que estuvo... amuela que te amuela,
dale... y le sacó al fin de junto al culo
un raigón... de una tercia, goteando,
con sus bolas colgando;
y al mirarlo, en voz alta
dijo mi madre: —¡Ay, cómo me hace falta!
En todas ocasiones,

al buen entendedor, pocas razones;
dígolo porque luego
que estas oyó el buen hombre, echando fuego
por los ojos, a su hijo:
—Ve corriendo—le dijo—;
di al barbero que en nada se detenga
y a sacarme un raigón al punto venga,
que yo entretanto prevendré una estaca;
veremos si se lleva lo que saca
ese bribón malvado
cuando hace falta lo que se ha llevado.
Partió a carrera abierta
el chico, y con la tranca de la puerta
el padre prevenido,
a quien le había así favorecido
con intención dañosa
esperó, sin decir nada a su esposa.
Erramos los mortales
en nuestros juicios intelectuales;
bien el proverbio aquí lo manifiesta:
Quien con niños se acuesta...
Pues, como iba diciendo de mi cuento,
el chico, en un momento,
llegó a la barbería,
llamó al autor de la bellaquería
y le dio su recado.
El hombre, descuidado,
tomó capa y gatillo,
y ya se iba a marchar con el chiquillo
cuando, por su fortuna,
de sus ventosidades soltó una;
lo que el muchacho oyendo
le dijo sonriendo:
—Bien puede usted, maestro, ahora aflojarse,
que pronto ha de ensuciarse,
pues mi padre, enfadado
del raigón que a mi madre le ha sacado
porque falta le hacía,
la tranca de la puerta prevenía;
y es que, sin duda, intenta
de lo que usted sacó tomarle cuenta.
Cuando esto oyó el barbero
soltó capa y sombrero

y le dijo: —Para esa paparrucha
no es menester que vaya yo. Hijo, escucha:
corre y dile a tu padre
que le meta a tu madre,
si le hace falta, en el lugar vacío,
otro raigón que tiene igual al mío.

(FÉLIX MARÍA SAMANIEGO)

No había en muchas leguas a la redonda un fraile que gozase la reputación que el hermano Pancracio, y bien sabido es que los frailes tienen fama de ser buenos gallos. Mientras unos emplean largas horas del día en buscar la ciencia en los libros y otros tragan como el propio Gargantúa, el hermano Pancracio se dedicaba a las muchachas, y su reputación era tal que pocas se le resistían.

El rumor de sus hazañas llegó a oídos de su majestad la reina de Batavia, y como las mujeres son por naturaleza curiosas, quiso a toda costa conocer aquel fenómeno.

Cuatro oficiales enviados por ella se presentaron en el convento, explicando al prior el objeto de su visita, y aquel se apresuró a enviarles al hermano Pancracio. Al día siguiente, el fraile era presentado a su majestad.

—¿Eres tú, hermano, el que goza de tan buena reputación? ¡Se cuentan de ti maravillas! Vamos a ver..., ¿es verdad que has hecho... diez obsequios en una sola noche a una señora de Turlutú?

—Esa señora tiene mala memoria, majestad—respondió el fraile—, porque, si mal no recuerdo, la obsequié con cerca del doble aquella noche.

—¡Doble! ¡Hola, hermano Pancracio!... ¿Es que pretendes burlarte de mí?

—Juro a vuestra majestad que digo la verdad... Además, eso no tiene nada de extraordinario, y puedo hacer mucho más...

—¡Ah, buen fraile!... Nadie podrá decir que se ha burlado de su soberana.

E incontinente, la reina se llevó al hermano Pancracio, que se dispuso a demostrarla que, si era buen gallo, nada tenía de embustero. Para evitar toda discusión, el prudente monje se había provisto de una hoja de papel, donde iba anotando las veces que brindaba sus caricias a la reina.

—¡Dieciocho!—anunció a las pocas horas.

—¡Diecisiete!—respondió su majestad.

—¡Dieciocho!—repite el fraile.

—¡Diecisiete!—insiste su majestad.

—No riñamos por tan poca cosa—dice galantemente el hermano Pancracio—. Borro la cuenta y empiezo de nuevo...

Por la noche, después de cenar, la reina contaba la historia a su fiel caballerizo:

—¡Oh! ¡Oh!—exclamó éste—. Pues ése es el frailazo que encontré hace poco sentado en la escalera.

—¿Y qué hacía sentado en la escalera?—pregunta la reina.

—Yo no lo juraría...; ¡pero creo, por mi vida, que se estaba masturbando!

Cierta noche que escuché
cantar un aria a Sofía,
la dije por cortesía:
—Buenos bajos tiene usted.
Mas su esposo, hecho un patán,
me contestó echando truenos:
—Si no los tiene muy buenos,
lo que es limpios, sí que están.

Cuando el gran músico Auber era director del Conservatorio de París, se decía que se procuraba algunas distracciones en compañía de las jóvenes discípulas, cuya conducta y progreso estaba encargado de vigilar.

Pero, dada su edad, no había gran peligro para la virtud de sus acompañantes.

Hasta tal punto, que una de ellas, que le había acompañado un día en su carruaje, al ver que no se había abrochado los guantes, no pudo menos de murmurar, con la más irónica de las sonrisas:

—¡Oh!, señor Auber... ¡Abróchese la bragueta!

—¿Qué buscas aquí?... ¿Qué quieres?...
Retira una y otra mano...
¡Bribón! Como eres cristiano...
¡Jesús! Qué pesado eres...
Tu arrojo me tiene muerta...
¡Si vienen!... Voy a llamar...
No puedo. Chico, al entrar,
¿has cerrado bien la puerta?

La señora vuelve de paseo. La doncella le comunica que ha venido a preguntar por ella un señor, "un señor bien", pero que no podía dar otras señas.

—Bueno—dice, impaciente, la señora—, ¿y no ha dicho "ese señor bien" lo que quería de mí?

—¡Oh! ¡ No lo piense siquiera la señora! ¡ No se habría atrevido a decírselo a una joven honrada como yo!

—¡Qué hielos de Lucifer!
—decía ayer don Mariano—.
Yo estoy temiendo que el grano
se me va a echar a perder.
Seducir logró con arte
a todos el muy camueso,
y el tal grano era un divieso
que tenía en cierta parte.

INCOMPETENCIA FLAGRANTE

En una reunión de damas de un Patronato, la madre Elena, abadesa de las religiosas de Nuestra Señora del Aceite, escucha con creciente indignación las indecentes conversaciones de sus colegas laicas. Todas ellas no hablan más que del amor.

La buena madre no puede contenerse más, y exclama :

—Verdaderamente, señoras, no las comprendo... El amor..., el amor... Sólo tienen eso en la boca. No creo que se necesite hablar tanto de una satisfacción tan fugaz..., una sensación que dura..., ¿qué?..., ¡veinte minutos!

Es el amor un grano de mostaza,
sabroso al paladar, cosa tan chica
que no se la ve entrar, cuando ya pica,
y, entrando, mordisca y despedaza.
Sutil veneno, de tan mala traza,
que al corazón alegra y mortifica,
trastorna al seso, la prudencia achica
y a la razón impide meter baza.
Alma es del mundo, y de las almas dueño,
germen de vida, de placeres fuente,
gusto que no nos deja ni aun en sueño;
mas, incomoda tanto al que lo siente,
que un bicho tan molesto y tan pequeño
alma ha de ser del diablo o su teniente.

(QUEVEDO)

Durante la guerra, en una ambulancia del frente, una hermana de la caridad prodiga sus cuidados a los pobres "peludos".

Uno de ellos, al que un obús ha acribillado de heridas, por fortuna sin profundo daño, lanza gemidos capaces de partir el alma a cualquiera, invocando al Altísimo.

—¡Ay! ¡Dios mío!... ¡Ay! ¡Dios mío!...—repetía incansable.

La hermana se acerca al lecho, y con voz llena de encanto pregunta:

—¿Qué hay?... Vamos a ver: ¿qué queréis de Dios?... Yo soy su hija.

—¡Y yo querría ser su yerno!—suspira, malicioso, el herido.

La mujer, aunque mal fuerte,
en dos días da contento:
uno, en el del casamiento,
y el otro, en el de su muerte.

Preguntando Juan Bautista
por Pérez, el diamantista,
le contestaron: —Trabaja
encima de la modista
de la calle de la Paja.

La señora de Gutiérrez va en busca de una doctora.

—Escúcheme, señora—le dice—: es absolutamente preciso que vea usted a mi marido. No sé lo que tiene. Desde hace algún tiempo me ha privado de sus efusiones; su pretexto de que al menor movimiento experimenta insoportables dolores en la pierna. Estoy segura de que me oculta algo...

Quedaron convenidas, y al día siguiente la doctora reconoce al señor Gutiérrez. Mientras él se viste, en la habitación próxima, la esposa se apresura a preguntar:

—Bueno..., ¿y qué es lo que tiene?

—Poca cosa, querida señora... Un ligero derrame de sinovia.

—¡Ah, cochino!...—gritó la esposa, indignada—.

¡Me había dicho que era en la rodilla!

UNA PERDIS

Empezó siendo modista
y llegó a mujer de moda,
disputándose los hombres
sus gracias y su persona.

Vivió mucho en poco tiempo;
derrochó dinero y joyas,
y si fue piedra de toque
ayer, hoy nadie la toca.

Desengañada del mundo
renunció, en fin, a sus pompas;
y, al transformarse en doncella
de labor, la mente absorta
pensará: —¡Joven, tú acabas por
donde empiezan las otras !

(Carlos Moreno López)

En 1789, el Parlamento francés dio una orden disponiendo que unos magistrados realizasen cierta información en los conventos de clausura. Uno de estos funcionarios se presentó en el convento de monjas del Santo Sacramento.

Pidió hablar con la superiora, y le expuso la misión de que estaba encargado.

—Caballero—respondió cortés, pero enérgicamente, la abadesa—, siento infinito deciros que no tengo autoridad para permitirle la entrada en el interior de la comunidad.

—Señora, ¿puedo preguntaros la razón de vuestra negativa?

—Caballero, nosotras somos de fundación real.

—Señora, el Parlamento tiene sus derechos.

—Caballero, nosotras tenemos la regla.

—Siendo así, señora, volveré dentro de tres o cuatro días.

De valiente Inés blasona,
y exclama: —Creer no puedo
que haya en el mundo persona
que logre meterme miedo.
Y Juan, que es un buen amigo,
le contestó, muy discreto:
—Si a solas quedas conmigo
¿qué va que yo te lo meto?

Una parisién era mujer algo ligera para abrirse de piernas. Una de sus amigas, virtuosa provinciana, la reprochaba por esto.

—¿Qué culpa tengo yo, si siento ese deseo?—dice la parisién excusándose.

—¡Caramba, querida!—responde la otra—. ¿Es que tú crees que, como a ti, no me habrá venido alguna mañana el deseo de..., solo que me he resistido?

—¡Ah! ¡Por la mañana, no digo que no! Pero ¿y si eso te hubiese ocurrido de noche?

Con ser muy viejo, se arriesgó imprudente
a cagar, en cuclillas, don Vicente,
recordando que allá, cuando mancebo,
nunca de otra manera puso el huevo.
Mas cayó—¡desdichado!—en su obra misma,
y se puso de mierda hasta la crisma.

La verdad del adagio se asegura:
Distingue tempus, concordabis jura!

(X.)

A consecuencia de los excesivos calores, la linda artista Siria, que, como se sabe, es una estrella de primera magnitud, se siente indispuesta, y llama a su médico de cabecera:

—Me siento débil..., mi corazón late como un loco..., tengo vértigos... ¿Qué haré, doctor?

—Pregúnteme usted mejor "qué no haré"—contesta el médico—, y le contestaré: ¡no haga excesos!

Entonces la artista, ruborizada, con los ojos bajos, murmura tras una corta pausa:

—Doctor..., ¿es que el amor es un exceso?

Ayer, a voces decías
que suelo meterme en todo.
¡Qué necesidad tenías
de que lo supieran otros!

Pájaros de mil colores
en una jaula cerrada
presenté y dije a mi amada:
—¿Cuál te gusta más, Dolores?
—¿Quieres que mi gusto indique?
Pues mira—dijo Gonzalo—:
dame para mi regalo
un pájaro qué no pique.

El párroco de Cabriola pasaba sus días feliz entre su ama María y su jardinero Francisco, que lo mimaban a cual más.

Esta felicidad hubiese podido durar mucho tiempo si a Francisco no se le hubiera ocurrido un día observar que su amo tenía la cara un poco pálida; lo comunicó a María, quien, después de mirar atentamente al señor cura, hubo de reconocer que Francisco tenía razón. El señor cura no estaba bueno: ocultaba seguramente una peligrosa enfermedad, que cualquier día le había de dar un disgusto.

Los dos criados no vacilaron un momento en decir la verdad a su amo, el cual comenzó por asegurar, como un pobre diablo, que jamás se había encontrado tan sano; pero los otros insistieron tanto y tan bien, que se decidió, de común acuerdo, que se mandaría analizar la orina del señor cura.

Al día siguiente, Francisco, cargado de la preciosa botella que contenía el líquido, se dirigió a la capital, muy tempranito, entrando en la primera farmacia que encontró abierta.

El boticario, o mejor dicho, el mancebo que barría la tienda, lo hacía de cualquier manera, porque se le había olvidado dormir aquella noche; es decir, que estaba algo embriagado, lo que explica se le ocurriese la idea de sustituir a su patrón al ver entrar a Francisco con su botella.

Con aire de suficiencia se apoderó de la famosa botella y comenzó a hacer el análisis a su modo: lo agitó, lo miró al trasluz, movió la cabeza con aire de gravedad, exclamó tres veces: ¡oh!, ¡oh!, ¡oh!, miró de nuevo el líquido al trasluz, precisamente en el mismo momento en que pasaba un tranvía; lanzó un grito de sorpresa, y luego dijo tranquilamente a Francisco, que estaba asombrado:

—Bueno, amigo mío; su cura se ha tragado un tranvía: lo he visto claramente en la botella; mire usted y podrá verlo también.

Al decir esto alargó la botella al jardinero, que, como los animales de la fábula, no hacía más que abrir mucho los ojos sin lograr ver nada, por la sencilla razón de que el tranvía había pasado ya. Pero cualquiera contradice a un farmacéutico, que sabe más con la punta de los dedos que todos los jardineros juntos.

Francisco aceptó, pues, a cambio de dinero contante y sonante, las visiones del borracho mancebo, y, también por su dinero, los botes de pomada que aquél le entregó. Volvió a casa del cura, y después de poner a María al corriente, comunicaron al cura, con todas las precauciones posibles, que se había tragado un tranvía.

¡Ah, el pobre hombre! ¡ Había que oírlo gemir en forma capaz de enternecer a la pared! Pero la cosa no se resolvía con gemir: era preciso proceder enérgicamente, porque se comprenderá que un tranvía, aun dentro de un hombre fuerte, puede producir desagradables molestias al organismo.

Hicieron desnudar al cura, y Francisco le friccionó rudamente en la espalda y los costados. El pobre hombre se quejaba, pero el otro continuaba infatigable, animándole con sus palabras:

—¡Un poco de valor, señor cura; es por su bien! Cuando tuvo la espalda, los riñones y las posaderas más rojas que un cangrejo, los excelentes servidores volvieron al paciente boca arriba y, a su vez, María comenzó a friccionarle enérgicamente en el vientre.

Al cabo de unos minutos, esta fricción enérgica comenzó a surtir sus efectos; el señor cura no decía nada. De repente, Francisco, que seguía con ansiedad todos los movimientos del ama, gritó alegremente :

—¡Eso va bien, María! ¡Mira cómo asoma ya el trole!

PLAN CURATIVO

—¡Niña!
—¡Mamá!
—¿Qué te pasa?
¿No vienes a la novena?
—¡Ay, mamá! ¡Si no estoy buena!
—¿Que no? Pues quédate en casa.
—¿Y vas sola?
—¿Qué más da?
—Yo lo siento.
—No te apures.
Es preciso que te cures.
Acuéstate.
—No, mamá.
—¿A ver qué sientes?
—¡Calor!

—Es aprensión, criatura.
¡Si no tienes calentura!
—¿Que no tengo?...
—No, señor.
—Pues siento un frío en los pies
y en la cabeza un mareo...
Anda, y demos un paseo
antes de ir a San Ginés.
—Me canso.
—Iremos en coche;
lo tomaremos por horas;
¡verás cómo te mejoras
con el fresco de la noche!

—Tengo tos.
—¡Quita, por Dios!
—Me duele aquí cuando toso.
—¡Bobadas! Eso es nervioso.
No vale nada esa tos.

—Pues no te canses, mamá:
hoy no salgo, lo repito;
voy a acostarme un poquito
encima del sofá.

—¡Jesús! ¡Eres más cobarde!...
—Quizá me alivie con eso.
—Aprensión... Pues dame un beso...
¡Las ocho y media! ¡Qué tarde!

—Y hoy es el último día...
—Así: abrígate los pies.
¡Otro beso! Hasta después;
que te alivies, hija mía.

(Sale la mamá de casa,
queda la criada alerta,
se oye rechinar la puerta
y una voz que dice: ¡Pasa!)

***

—¡Alfredo!

—¡Amalia querida!
—¿Te habrán visto?
—No; ¡ten calma!
¿Me quieres?
—¡Con vida y alma!
¿Y tú a mí?
—¡Con alma y vida!

(Es muy corta la novena,
son muy breves los instantes
y en gracia a los dos amantes
paso por alto la escena.)

Se oyen pasos... ¡La mamá!
Huye el joven con premura,
y la niña se apresura
a acostarse en el sofá.

—Hija mía, ¿estás durmiendo?
¡Temí haberte despertado!
Por volver pronto a tu lado
recé de prisa y corriendo.

—¿Cómo te encuentras?
—Mejor.
—¿A ver? ¡Dios mío! ¿Qué tienes?
¡Si están ardiendo tus sienes!
Voy a llamar al doctor.

—No, mamá.
—Sí, vida mía.
—Ya estoy bien; no es de cuidado.
—Tienes el pulso agitado.
—Los nervios...
—¡Qué tontería!
—Corro al punto. Tú estás mala.
¡Que te recete cuanto antes!
(Y al cabo de unos instantes
entra el médico en la sala;
pulsa a la niña tranquila;
la encuentra un poco nerviosa,
y por mandar cualquier cosa
le manda que tome tila.)

—Hoy por hoy no es de cuidado;
conozco bien su dolor.
(Hay que advertir que el doctor
vive en el cuarto de al lado.)

—¿Conque es grave, verdad? —
dice la madre.
—Señora,
aquí, entre los dos, ahora...
el mal es de gravedad...

—¡Dios mío!
—Yo ya soy viejo
y práctico.
—Ya le sé.
—Y como la aprecio a usted
me permito este consejo:
Abra usted mucho los ojos.
La niña, a mi plan me aferro,
necesita mucho hierro.
—¿En píldoras?
—¡No! ¡¡En cerrojos!!

(VITAL AZA)

COQUETERÍA FEMENINA

La pequeña Raquel se está desnudando en su alcoba. En el momento preciso que deja caer la camisa, alguien llama a la puerta.
—¡No entre!...—grita la muchacha, asustada—. ¡Estoy en cueros!
—¡Oh, perdón!—se excusa una voz varonil.
Pero, entonces, la gentil artista replica:
—¡Ah! ¿Es usted, querido amigo?... Pase, pase... ¡Creí que era una mujer!

LAS DÁDIVAS DE UN CURA

—Dígame usted, madre mía,
¿por qué el cura del lugar
le suele a usted regalar
tantas cosas cada día?

Y a la pobre criatura
contestó su madre Irene:

—Porque todo lo que tiene
me lo da a mí el señor cura.

(G. Bueno)

Un jesuita de capa corta, de los que suele uno tropezar en la Universidad, pregunta a una joven a punto de licenciarse.

—¿Sabe usted por qué Dios creó al hombre antes que a la mujer?

La examinanda, mirando fijamente al catedrático, que es muy gordo, contesta:

—Sí, señor: antes de crear su obra maestra, Dios hizo un boceto para no equivocarse.

Por ciertas cosas del día
tocaban a generala,
y a un miliciano, Pascuala,
—¡Ármate pronto!—decía.

—Mi calma no te dé asombro
—le contestó el muy taimado—,
pues al hallarme a tu lado
siempre estoy armas al hombro.

EPITAFIO CONYUGAL

AQUÍ YACE
LUISA MARTÍNEZ
LA PERDÍ DESPUÉS DE VEINTISIETE AÑOS
DE MATRIMONIO
¡MÁS VALE TARDE QUE NUNCA!

Tiene mi morenito
miel en la boca,
y yo tengo la falta
de ser golosa.

Acaba de entrar una novicia en el convento; es de una candidez sin precedentes.

Una mañana, la superiora la pregunta si verdaderamente siente vocación.

—¡Oh madre mía!—responde la joven—. ¡Cómo no tener vocación en una casa tan santa como la nuestra, en una casa en que todo el mundo es un modelo de fe y de caridad, en una casa en que hasta los animales piden a Dios perdón de sus faltas!

—¿Qué dices, hija mía?—exclama, extrañada, la superiora.

—¡La verdad, madre mía!... Ayer vi a nuestro pobre asno rogando a Dios. Verdaderamente, yo no le oí decir *mea culpa,* porque estaba un poco lejos; ¡pero vi muy bien que se golpeaba vigorosamente el pecho!

EL VALS

Valsemos
a prisa;
¡qué risa!
Bien va.
Del mundo
riamos;
sigamos
¡ja!, ¡ja!

El baile
da aliento,
contento
sin fin;
las almas
excita
y quita
su esplín.

Tu esbelta
cintura
procura
no huir;
y en tanto
retozo
de gozo
reír.

Disfruta
placeres
si quieres,
mi bien;
conmigo
bailando,
gozando
también.

Sosiégate

mi alma,
y calma
tu ardor:
¡mareo
te ha dado!
Cuidado...,
mi amor.

¡Ya buena
te sientes!
No intentes
huir...
¡Ay, que otro
mareo
te veo
sufrir!

No importa
valsemos,
gocemos
placer;
y siga:
me agrada,
¡oh amada!,
correr.

Vals grato,
no acabes;
sabes
que, así,
en dulce
recreo
la veo...,
¡ay de mí!

En vínculo
estrecho
del pecho
mi afán
se calma;
y abrazos
mis brazos
le dan...

¡En noche
como esta
de fiesta
y danzar,
que al goce
se ajusta,
me gusta
gozar!...

(MOTEZUMA)

Una joven esposa fue a confesarse, y tras el consabido chaparrón de pecadillos, llegó a confesar determinados pasatiempos en que se entretenía con su marido.

—¡Oh! ¡Oh!—murmuró el sacerdote—. Está muy mal eso que hacéis; el matrimonio no se ha hecho para semejantes horrores, sino para hacer hijos.

—¡Ah, cuánto me alegra oírselo, padre mío! —respondió la penitente—. Porque yo me decía que era imposible que un niño saliese por la boca, puesto que apenas si puedo tragarme un plátano.

Al irse a casar Andrés,
gente que siempre murmura
dio en decir que su futura
tuvo enredillos con tres.
A su suegra lo explicó,
y ella dijo: —No le aflija;
le aseguro a usted que mi hija
es tan pura como yo.

Calínez encuentra a una prima suya.

—¿Conque te has quedado viuda, querida prima?

—Sí, sí...

¡Caramba! Mira que tengo suerte... ¡Cuando pienso en que me iba a casar contigo!...

Sabe, Juan, puesto que vas
tras de Inés, si has de alcanzarla,
que cuesta mucho lograrla,
y haberla logrado, más.

Estando de viaje, un sacerdote irlandés se ye obligado a acostarse en la misma cama que un inglés, cosa que no agradó mucho a aquel, pues sabido es el poco afecto que, por atavismo, se tienen irlandeses e ingleses.

Preciso es confesar que no dejaba de tener razón el sacerdote, pues a eso de medianoche se despierta el hijo de John Bull y, mitad por pasión, mitad por hacer una jugada a un católico, empezó a... ejercer de sodomita. El cura, destrozado por la fatiga, dormía a pierna suelta; sin embargo, llegó un momento en que despertó... ¡Ay! ¡Era demasiado tarde!

Furioso—¡cualquiera lo estaría en su puesto!—, el buen cura cogió la navaja de afeitar, que tenía sobre la mesilla de noche para rasurarse por la mañana, la pasa suavemente por su trasero y... ¡zas!...

Se oyó un grito horrible, se abre la puerta con estrépito y sale el pobre inglés a la escalera, gritando :

—¡Un médico, un médico, en nombre del cielo!

—Y para mí—dice flemáticamente el sacerdote al criado que acudía—tráigame sencillamente un sacacorchos.

EL MATRIMONIO POR DENTRO

¡Miradla allí!... Cual cándido tesoro
me dio su amor y la llamé mi esposa:
su frente es pura, virginal y hermosa,
y apenas puede con sus trenzas de oro.
Contemplándola ayer, dulce y sonoro
lanzó un suspiro que de afán rebosa;
yo también suspiré, y el alma ansiosa,
palpitando de amor, dijo: ¡Te adoro!
Y al tenderme sus brazos por guirnalda,
cual soñaba mi amante desvarío,
bebí su aliento, me apoyé en su falda
y me dijo sin pena ni desvío:
—¡Soy feliz!... Pero ráscame la espalda,
que me pica una pulga, Pepe mío.

(JOSÉ LUIS DE LEÓN)

Cierto cura sevillano, otros dicen que gallego, llega una noche a una posada. Ni una habitación ni una cama libre. Nuestro cura insiste, protestando de que un honrado posadero no podía dejar que un servidor de Dios durmiese a la intemperie.

Tanto y tanto suplicó, que el posadero le propuso se acostase en la mesa de billar con otro viajero retrasado, cosa que el cura aceptó complacido.

Colocaron un colchón sobre aquel lecho un tanto duro, y los dos hombres se dispusieron a disfrutar de un reparador descanso, cuando el compañero del sacerdote le dice:

—¡Ah! Ya se ve que somos forasteros... Si fuésemos del pueblo ya nos habrían encontrado una cama.

—Sin embargo, ya ve usted—dijo el cura—: el patrón me conoce, pero no quiere demostrármelo...

—En efecto—dice el otro—; no le trata mucho mejor que a mí.

—Y, sin embargo—repite el cura—, este hijo de puta me conoce bien. Mire usted el cartel que ha puesto en la pared...

El otro se incorpora en el improvisado lecho y lee:

"Se le suplica no frote su taco en el techo."

No te fíes de los hombres
con antiparras,
que lo que no ven, suplen
con lo que palpan.
Yo lo he notado:
todo corto de vista,
largo de manos.

Per Pascua allá, en la Pechina,
volant Llorens la milocha,
li digué a una chica rocha:
—¡Petra, más com me s'empina!

Hace mucho tiempo de esto, se había establecido un convento de mujeres en un lugar bien profano: en un magnífico castillo estilo Renacimiento, cuyo hermoso parque estaba salpicado de estatuas muy descaradas, puesto que aparecían en cueros.

Y esto era tanto más grave puesto que casi todas las estatuas colocadas a lo largo de los paseos representaban hombres bien constituidos, provistos de todos los atributos del sexo.

Al cabo de algún tiempo, la madre superiora, que, a pesar de su prohibición, observaba que las novicias contemplaban aquellas estatuas, tuvo miedo de que peligrase su virtud, y dio cuenta de lo que ocurría al señor obispo. No había ni que pensar en la mutilación de aquellos hombres de mármol, porque el castillo pertenecía a un gran señor, que hubiese tomado muy a mal semejante cosa. Por último, tras maduras reflexiones, se decidió proveer a todas las estatuas de sus correspondientes hojas de parra. Y así se hizo.

Tres meses después de esto, la superiora volvía a casa del obispo.

—¡Ah, monseñor!... ¡Las estatuas!... ¡Las hojas de parra!... Es que... ha entrado la filoxera, y no hay medio de encontrar una hoja.

—¡Diablo!... ¿Y qué podríamos hacer?

El obispo se quedó pensativo.

—¡Madre, ya lo he encontrado! ¡Póngalas hojas de col!

Al día siguiente, todas las estatuas tenían su hoja de col.

Tres meses más tarde, la superiora volvía de nuevo a casa del obispo.

—¡Ay, monseñor!... Las estatuas... Las hojas de col...

—¿Qué? ¡No creo se las haya comido la filoxera!
—¡No, monseñor! Pero es que todas las novicias crían conejos...

EL LORO Y LA COTORRA

Tenía una doncella muy bonita,
llamada Mariquita,
un viejo consejero
que en ella por entero,
cuando se alborotaba
su cansada persona, desaguaba
con tal circunspección y tal paciencia
como si a un pleito diese la sentencia.
Era de este señor el escribiente
un mozuelo entre frailes educado:
como ellos suelen ser, rabicaliente,
rollizo y bien armado,
que, cuando el consejero fuera estaba,
doña Mariquita consolaba.
Sucedió, pues, que un día
la consoló en su cuarto, donde había
en jaulas diferentes
un loro camastrón, cuyo despejo
todo lo comprendía por ser viejo,
y una joven cotorra muy parlera,
que la conversación de los sirvientes
oyeron, la cual fue de esta manera:
—¿Te gusta, Mariquita?
—Sí; mucho, mucho; estoy muy contentita.
—¿Entra bien de este modo?
—Sí, mi escribiente... ¡Métemelo todo!
—Pues menéate más..., que estoy perdido.
—Y yo... Que viene... ¡Ay, Dios!... ¡Que ya ha venido!
Con efecto, llegaba el consejero
en aquel mismo instante,
y apenas su escribiente marrullero
dejó regado el campo de su amante,
cuando, con la gallina que traía,
al mismo cuarto entró su señoría.
Quitóse en él la toga,
diose en la parte floja un manoteo,
y a la que su materia desahoga
manifestó su lánguido deseo.

Ella, puesta debajo
de un modo conveniente,
se acordó en su trabajo
del natural vigor del escribiente,
y empezó a respingar con tal salero
que por poco desmonta al consejero.
Este, viendo el peligro que corría,
dijo: —Basta... ¿Qué hacéis, doña María?
¡Guarde más ceremonia con mi taco,
o por vida del rey que se lo saco!
—De veros el contento
—replicó la taimada—
me hace tener tan fuerte movimiento.
¡Perdón! —Sí—dijo el viejo—; perdonada
estás, si es que te alegra mi llegada.
La cotorra, que aquello estaba oyendo,
dijo entonces, sus alas sacudiendo :
—Lorito, contentita
está la Mariquita.
A lo que respondió el loro prontamente:
—¡Si se lo metió todo el escribiente!

(FÉLIX MARÍA SAMANIEGO)

Desagradables son los rumores que circulan a cuenta del señor cura. Se le acusa de hacer buenas migas con su ama, y el obispo, que ha oído hablar del asunto, cree conveniente averiguar la verdad.

Aprovechando la oportunidad de celebrar la ceremonia de la confirmación, realiza una discreta información, y, ¡diablo!, todo lo que averigua no favorece mucho al cura. En su vista se encamina al presbiterio, con el firme propósito de dirigir violentos reproches a su subordinado; y, justamente, a la entrada del jardín se tropieza con Gertrudis, el ama, causa de todo aquel jaleo. Nunca mejor ocasión para hacer algunas preguntas a aquella desgraciada que descarría a los ministros del Señor.

—Vamos a ver, hija mía—pregunta el obispo en tono paternal—: ¡dime la verdad, toda la verdad!, ¿Te acuestas con el cura?

—Monseñor, no tengo más remedio: ¡sólo tenemos una cama! Pero ponemos una tabla entre los dos...

—¡Ah, muy bien!—dice monseñor, al que la respuesta deja absorto—. Pero ¿ni tú ni el señor cura habéis sentido la tentación de pasar por encima de la tabla?

—¡Oh!... Ya hemos pensado en eso, monseñor; pero acordamos que el primero que pasase pagaría dos pesetas de multa... Y la prueba está en que, el señor cura ha pagado veintiocho pesetas la semana última

LA BURRA

Tenía una burra Aznar
que a la puerta enjaezaba,
y a su mujer esperaba
para que fuera al lugar.

Y apenas Juana bajó
la cogió por la cintura,
y con gentil galanura
muy ufano la montó.

(N. N. D. AIGUEVILLE)

Dos muchachas van a confesar. La más joven pasa la primera, expone sus pecados y, por último, con alguna vacilación, llega a confesar que se ha permitido ciertas confianzas con su prometido, llegando a ponerle la mano... donde no debiera...

—¡Oh! ¡Oh!—dice el confesor—. Eso está muy mal, hija, mía. No lo vuelvas a hacer, porque caerás en pecado mortal. Pero veo que estás sinceramente arrepentida: rezarás cuatro Padrenuestros y cuatro Avemarías y meterás la mano en la pila del agua bendita a la entrada de la iglesia, y así la tendrás un cuarto de hora.

La muchacha salió, y fue en busca de su amiga, a la que contó la penitencia que la había impuesto.

—¡Un cuarto de hora la mano metida en el agua!—exclamó la otra—. ¡Un cuarto de hora por lo que has hecho! Bueno; pues entonces no entro a confesarme, porque estoy convencida de lo que me va a ocurrir. ¡Tendré que tener, por lo menos, dos horas el culo en el agua!

Se peía, con ruido, Baldomero,
y todos le tenían por grosero.
Se peía, sin ruido, Bernardino,
y todos le tenían por muy fino.

Dijo bien un filósofo profundo:
—¡Todo es cuestión de formas en el mundo!

(X.)

La señora Regúlez hace muy buenas migas con su segundo marido, que únicamente se lamenta de que muchas veces ella haga comparaciones entre él y su difunto esposo, al que elogia en demasía.

En una reunión exponía estas quejas.

—Pero, querido—le dice su esposa cariñosamente—, piensa en que lo mismo diría de ti si te hubieses muerto el primero.

EPIGRAMA

Doña Cruz de Sandoval,
una vez muerto su esposo,
suspendió el tráfico honroso
de su casa editorial.
Sin embargo, los mejores
amigos de doña Cruz
afirman que, aun hoy, da a luz
obras de varios autores.

Para cabo de un cuchillo
un cuerno Manuel pedía,
y hasta dicen que ofrecía
por un cuerno un real sencillo.
Dos meses ha que casó
con doña Inés Menganillo.
—¿Y aún le falta el cuerno?—No;
lo que le falta es cuchillo.

El cura del pueblo está atacado de una enfermedad desagradable. ¿Cuál es ella? Bástenos saber que el digno sacerdote ha de sufrir una operación que de ordinario habilita a un hombre para servir al Gran Turco.

Esto, como comprenderéis, no agradaba al pobre hombre, que se lamentaba de su suerte.

Afectado por tanto dolor, el cirujano le dijo:

—No puedo sustituir lo que acabo de quitarle —aún no estaba de moda Voronof—; pero lo que sí puedo hacer es ponerle dos buenas cebollas. Ya he practicado varias veces esta operación y, a fe mía, siempre ha dado excelentes resultados.

Como imaginaréis, el recién operado aceptó encantado. Poco tiempo después, del todo repuesto, volvió a su casa y reanudó su vida.

Un día que tuvo que ir a la ciudad, se encontró al cirujano que le había operado.

—Qué, señor cura, ¿está usted contento de mí? ¿Ha dado buen resultado la operación?

—Doctor, debo a usted gratitud eterna. Jamás hubiese creído en un resultado semejante. Lo único que ocurre es que molesta un poco a mi pobre Lola: siempre que va a hacerme alguna caricia, esos diablos de cebollas... la hacen llorar a mares.

ANALOGÍAS

Ayer, al salir de misa,
vi, niña mía, tu pie;
al levantarte el vestido
otra cosa logré ver.

Y comparando tu cara
con lo que te viera ayer,
juzgo de lo que no he visto
por lo que te pude ver.

(A. Pareja Serrada)

CUARTO CRECIENTE

Al quejarse Rafael
de su esposa deshonesta,
exclamaba: —¡Pero es ésta
la de la luna de miel!
Y le contestó Miguel:
—Pues no debe sorprendernos
que aquellos amores tiernos
terminen en tal escena,
que jamás hay luna llena
que no se acabe con cuernos.

(R. Blanco Asenjo)

Mari Blanca está a punto de abandonar su país natal yendo a Madrid con objeto de colocarse como doncella para todo.

El viejo cura que la vio nacer y la bautizó, cree conveniente hacerle algunas recomendaciones.

—Desconfía, hija mía, de las emboscadas que los perversos madrileños te tenderán a cada paso. Para hacer fracasar sus intentos será preciso que acudas a todos los recursos de tu inteligencia y de tu virtud. Varía hasta lo infinito, si es preciso, tu resistencia, y no olvides el proverbio: *ratón que sólo tiene un agujero, pronto lo cogen...*

—¡Ah, bueno!... Entonces no me diga usted más, señor cura—replica Mari Blanca—. No hay peligro para mí, ¡porque tengo dos!

EPIGRAMA

Quejábase, triste, Inés
de que todos sus amantes,
por no exigir pruebas antes,
la eran perjuros después.

—Por eso—dijo Pilar—,
quien me haga el amor a mí,
antes que yo le dé el sí
me lo tiene que probar.

¡VEA USTED!

Del desliz de una doncella
hablé ayer con otra bella,
y sin quebrantos ni asomos
de duda, me decía ella:
—¡Válgame Dios, lo que somos!

(JOSÉ SORIANO DE CASTRO)

EPIGRAMA

Hablando Juan con Lucía
de sus amores, juraba
no saber qué le pasaba,
pues de noche no dormía.

—¿A qué son tales extremos?
—dijo Lucía al cuitado. —
Deja el estar desvelado
para cuando nos casemos.

Maroussia Protopopof es una vieja señorita rusa que ha pasado todas las fatigas del mundo para escaparse del infierno bolchevique, cuando la toma de Odesa por los rojos, refugiándose en Francia, como tantas otras compatriotas.

Un día se recordaban ante ella las circunstancias de su fuga

—Subí la última—explicaba—en el último buque francés que pudo abandonar el puerto.

—Ya era tiempo, y de buena escapó usted—le responde un joven agregado de Embajada—. He sabido detalles precisos y auténticos de lo que pasó después... ¡Fue aquello una horrorosa matanza!... La soldadesca, desenfrenada, se desbordó por la ciudad, matando a todos los hombres, violando a las mujeres, a las niñas pequeñas y hasta a las más venerables ancianas.

—¡Qué horror!—murmuró Maroussia, con un escalofrío retrospectivo.

Y añadió, lanzando un suspiro de sentimiento :

—¡Ay! ¡Yo nunca he tenido esa suerte!

La misma Maroussia Protopopof se vio en la necesidad de hacer dinero de las galas de su pasada fortuna que pudo salvar de la catástrofe, y trató de vender una soberbia piel de oso blanco de Siberia que, sobre un diván, era el más hermoso adorno de su pequeño salón de la *maison meublé* que ocupaba la infeliz Maroussia.

Noticioso de aquella ocasión excepcional, un príncipe ruso, también exilado, se presentó en la casa para examinar el objeto.

Maroussia, muy obsequiosa, le invitó a sentarse a su lado, sobre la blanda piel en cuestión, "haciéndole el artículo", como suele decirse.

—Tocad, príncipe—decía ella—; no se preocupe... Vea cómo está guarnecido el vellón.

Dócil el príncipe, adelantó la mano, y en la penumbra, bien por casualidad o por complacencia de la vendedora, deslizó los dedos por diversas regiones que acarició maquinalmente...

¡Maroussia no se atrevió a creer en su suerte!

—¿Encuentra vuestra alteza que vale aún la pena?—murmuró ella.

Pero él, que no se dio cuenta de su equivocación, exclamó:

—¡Psit!... Realmente, mi chofer podría aprovecharle; ¡pero va perdiendo ya el pelo!

UN FANDANGO PUNTEADO

Agapito, buen granuja,
es tocador de vihuela
y un cristiano que se cuela
por el ojo de una aguja.
De esta manera decía
a una moza de San Roque:
—Dígame usted, prenda mía:
¿qué quiere usted que le toque?
—¿Tocarme? ¡Cuánta merced!
Espere; no lo he pensado...
¡Ah! Sí, sí; tóqueme usted
un fandango punteado.
—¿Un fandango?
—¡Es tan bonito! —
¿Más que el tango?

—Más que el tango.
Entonces, don Agapito
tocó a la niña el fandango.

(EL BUSCAPIÉ)

EPIGRAMA

En nueve meses, Emilia
de su casa no ha salido,
y aún asegura que ha sido
por cuestiones de familia.

Es una abuela, joven aún y que, a su pesar, agrada a cualquiera.

Y bien a su pesar, porque siempre fue esposa fiel, madre modelo y abuela ideal.

—No querrá usted creerme—decía a un viejo amigo—hasta qué punto llevo el culto de mis hijos... Hasta conservo las camas de distintos tamaños en que han dormido unos tras otros. Experimento un placer delicioso recordando las varias etapas de sus jóvenes existencias, señaladas por las transformaciones de ese mueble indispensable. Los veo a los quince años en su camita de hierro del colegio; a los doce, en la camita plegable que se armaba todas las noches al lado de su preceptor. Yo le enseñaré todo esto cuando vaya usted a visitarme en el campo, donde he instalado mi museo. Remontaremos el curso de los años de los bebés hasta el "moisés" tapizado de seda rosa, en que el doctor los depositaba pocos minutos después de nacer.

—¡Hum! Puestos ya en ese tren—interrumpe el amigo—, ¿por qué no remontarnos un poco más lejos?

EL CUERNO DE JUAN

Enseñaba a Timoteo
Juan, a caza aficionado,
un gran cuerno colocado
en lo alto de un trofeo.

—No sacó usted mal partido
—dijo aquél—. Es buena idea.
—Pues, aunque usted no lo crea,
de mi cabeza ha salido.

(UN INOCENTE)

EPIGRAMA

Jugando en casa del tío,
y al ver les iban en pos,
Luisa y su primo Darío
escondiéronse los dos
en un gran mundo vacío.
Luisa era joven y hermosa,
y hoy, ya vieja y achacosa,
dice, en su dolor profundo,
que ella no ha sido dichosa
más que una vez en el mundo.

Al regresar unos recién casados de su viaje de novios, la madre trata de arrancar a la discreción de su hija algún detalle sobre sus impresiones turísticas.

—Dime: ¿qué has visto en Venecia?... ¿La laguna? ¿La plaza de San Marcos? ¿El puente de los Suspiros?

—¡Oh! De Venecia me acuerdo muy bien que nuestra alcoba tenía el techo pintado de color de rosa.

—Y de Florencia, ¿qué sensación traes?

—Exquisita, mamá, exquisita... El techo de la alcoba tenía una guirnalda formada por amorcillos muy lindos.

—¿Y el Vesubio, en Nápoles?... ¿Y el Etna, en Sicilia?

—No me he fijado... ¡Pero qué bonitos encajes tienen los doseles de las camas en Italia!

EPIGRAMA

—Juguemos al toro,
querida mamá.
—Déjame, hijo mío:
juega con papá.

—¿Qué es eso, querida?... ¿Se ha deshecho tu matrimonio con el hijo de Pérez? ¡Un muchacho tan rico!

—Sí, rico, sí...; pero es muy sucio: ¡hasta tiene entre los dedos de las manos esas cosas negras que a todos nos salen entre los dedos de los pies!

LAS TERQUEDADES DE PABLO

Dormían en un pajar
medianero de un establo

Juanilla y su esposo Pablo,
labradores de un lugar.
    Era Juana una muchacha
alta, muy blanca, fornida;
toda una moza garrida
y en ademán vivaracha.
    Pablo, al contrario: tumbón,
nada recio, desgarbado,
cetrino de tez y dado
al mosto con afición.
    Tan distintos ambos seres
en lo exterior, sin saberlo
ellos, teñían que serlo
también en sus pareceres.
    Y sucedió... Y allá va
lo que de cuento esto tiene,
que os lo digo ene por ene
como yo lo supe allá.
    Que Juana siempre se echaba
arrimadita al tabique
del pajar, endeble dique
que el establo separaba.
    Pablo, por ir al revés,
como siempre, al lado izquierdo
de Juanilla, soso y lerdo
dormía un mes y otro mes.
    Hasta que una noche de ésas
en que al buscar con empeño
en mil posturas el sueño
dice el sueño: ni por ésas,
    Pablo notó que su esposa
de cuando en cuando reía
y en voz muy baja decía,
soñolienta: —Es muy hermosa.
    Volvióse hacia su mujer
al punto, y la interrogó;
y Juanilla contestó
con despego : —¡Qué ha de ser!
    Que faltan unas tablillas,
y una vaca del tío Chano
me está lamiendo una mano
y me hace muchas cosquillas.
    Y Pablo, por no romper

con su costumbre ordinaria
de llevarla la contraria,
no creía a su mujer.
Y terco que no y que no,
y dale con que la vaca
no puede ser, y machaca...,
y, en fin, que no la creyó.
Y para acabar, osado,
con sus dudas, gruñó así:
Juanilla, déjame ahí,
y tú acuéstate a este lado.
Esta, enojada, le dijo
mil cosazas y otras mil;
pero, nada, el zascandil
siempre tenaz y prolijo.
Tanto insistió que, al fin, ella
dejó el sitio hecha un venablo,
y muy satisfecho Pablo
puso punto a su querella.
Como siempre, su merced
al revés se colocó.
La cara a su esposa dio
y la espalda a la pared.
Después de muy breve plazo,
esperando con ahínco,
Pablo de pronto dio un brinco
seguido de un gran gritazo.
—¿Qué te pasa?
—¡Casi nada!
Que la vaca del tío Chano
a ti te lame la mano
y a mí me da una cornada.
Y cogiendo a Juana en brazos
a su sitio la volvió,
diciendo:
—¡Que lama! Yo
no quiero ya más puntazos.

(José Soriano de Castro)

Un conferenciante iba de pueblo en pueblo, dando conferencias sobre la repoblación. Una tarde llegó a un pueblo, cabeza de distrito, y en seguida se dedicó a buscar un local para celebrar el acto. Todos los salones particulares estaban alquilados por las sociedades de la localidad, y por ello se vio obligado a dirigirse al alcalde, al que rogó le cediese una escuela, en defecto de otro local. Desgraciadamente, el alcalde no pudo prestarle este servicio porque, según acuerdo del Ayuntamiento, estaba prohibido ceder a particulares los locales de los colegios.

—Pero—le dijo la autoridad municipal—diríjase usted al cura; es un buen hombre, y seguramente podrá cederle una de las naves laterales de la iglesia.

Nuestro viajero, pues, fue en busca del párroco, le expuso la situación, le ofreció que no hablaría de política y que respetaría la religión y la moral.

El sacerdote se dejó convencer, y el otro le entregó en el acto el precio convenido por el alquiler.

Una vez se ausentó el conferenciante, nuestro buen cura reflexionó, considerando que por una modesta suma podía incurrir en un grave riesgo.

¿Quién le garantizaba que aquel desconocido cumpliría su palabra? Y si, por casualidad, la conferencia no era muy correcta; si el conferenciante se aprovechaba de la ocasión para gastar algunas bromas respecto de los sacerdotes, ¿qué dirían sus fieles y el señor obispo?

En resumen: que llamó al sacristán, y puesto éste al corriente de la situación, resolvieron lo siguiente:

—Tú—le dijo el cura—estarás en la sacristía, dejando la puerta abierta, y a la primera palabra inconveniente contra la religión o la moral, cierras la llave del gas, cortando la luz; los fieles conocen la iglesia y sabrán salir a oscuras.

Llegada la noche, el sacristán se ocultó en el lugar convenido, aguzando el oído para escuchar la conferencia, que se desarrolló sin incidentes hasta que el orador dijo:

—La mujer es la base de la sociedad. ¿Qué es lo mejor que tiene la mujer?...

En aquel momento, el sacristán, fiel a su deber, creyó deber advertir al auditorio, exclamando:

—Si hay alguno que diga que es el coño, ¡corto el gas!

EL GORRO

Una joven, barriendo,
se encontró un gorro;
se lo puso, diciendo:
—Por los que pongo.

(Luisa Tiraveque)

—*¡Aló! ¡Aló!*

—¿Quién llama?

—¿Tengo el honor de hablar a la señorita de González?

—Al teléfono, sí, señor.

—Oiga, señorita: puedo facilitarle los informes que usted había pedido. He visto a mi cliente...

—¡Ah!.. Bien... ¿Y qué?

—Me parece que tiene un par que la satisfarán a usted por completo.

—¡Oh! ¿Está usted seguro?

—¡Hombre! Yo no puedo garantizarle el rendimiento; pero creo que será suficiente para el consumo de una persona..., sobre todo de la edad de la señorita.

—Esas son consideraciones que no tiene usted por qué hacerme...

—Perdón, señorita...; yo creí... De todos modos, como aptitud para el trabajo y resistencia a la fatiga, creo que será difícil encontrar otra cosa mejor. Ahora, que el propietario se muestra un poco exigente en el precio.

—¡En el precio!... ¿Pero no estoy hablando con la agencia de matrimonios?

—No, señorita: ¡con el veterinario, a quien le encargo usted le buscase dos buenas vacas de leche en casa del vaquero del que le hablé!

¡QUÉ RUBOR!

A Lucía, el otro día,
en la escalera topé;
yo, de la escalera al pie,
y en lo más alto, Lucía.

Vio que la miré atrevido,
y al momento, con sonrojos,
bajó Lucía los ojos...,
pero no bajó el vestido.

(Julio Monreal)

La gran casa comercial Cadalfalch, Pujol y Compañía tiene a sus órdenes personal de ambos sexos. Jóvenes presumidos y modernos se rozan constantemente con estupendas mecanógrafas, más o menos seductoras.

Esta promiscuidad no deja de ocasionar algún escándalo de vez en cuando.

El último ocurrió la semana pasada, y merece la pena de contarse.

Con el cuello muy descotado, inclinada sobre su máquina, los brazos desnudos agitándose graciosamente sobre el teclado, una rubia ideal acaba la primera carilla de una carta comercial sin importancia, y lee lo escrito:

"Muy señor mío: Nuestro cliente señor López, de Madrid, nos indica que le ha enviado usted en su último encargo una pieza de paño de Tarrasa, número 9.669, en la cual ha observado un corte.

Para satisfacer la justa molestia de este cliente, tenga la bondad de enviarle urgentemente los 50 metros que le faltan de la pieza en cuestión..."

Como terminaba aquí la carilla, la mecanógrafa retiró el papel de la máquina y puso otra hoja en blanco para continuar la carta. En aquel momento, la llamaron de otro despacho y la muchacha abandonó el sitio.

Uno de sus colegas masculinos acertó a pasar por allí. Vio la silla vacía, la hoja en blanco, la máquina preparada... La ocasión era de perlas. Rápidamente escribió estas líneas en la parte superior del papel:

"Estoy enamorado de la mecanógrafa que maneja esta máquina, y querría poder estrecharla muy fuerte contra mi corazón"...

En esto, oyó ruido y escapó. La mecanógrafa volvió a su puesto, y sin fijarse en las líneas escritas continuó la carta: "... poniéndole cinco o seis metros de más, para que salga bien medida".

¡La que armó el patrón cuando le pusieron aquello a la firma!

Tiene loca pasión por el tresillo
el coronel Bombarda, hombre iracundo,
que, al sufrir la derrota de un codillo,
suelta la rienda a su dolor profundo,
botando de su asiento
y armando un zipizape tan violento
de golpes, de por vidas, de clamores,
que meten menos bulla los tambores
con que marcha, a compás, su regimiento.
Su constante adversario es don Procopio,
don Procopio Cienfuegos, que echa lumbre
cada vez que se encuentra sin un fallo,
y tiene la costumbre
de desahogar la hiel de su amor propio
con una interjección que yo me callo.
Sobre si era legítima una puesta,
riñeron, con tan fiera trapatiesta,
que a gritos don Procopio, hecho una furia,
llamó al adusto coronel fullero;
y el coronel le devolvió la injuria
dándole una puntera en el trasero.
Como era inevitable,
siguióse un desafío, que fue a sable;
y de Bombarda el vengativo brazo
saltó un ojo a Cienfuegos de un sablazo.
Aquí se ve, a ojos vistas,
que esos pobres monotes de duelistas
el sentido común tienen perdido;
porque dime, lector: ¿no es cosa rara
que si el ojo del culo es ofendido,
cueste el vengarle un ojo de la cara?

(X.)

EPIGRAMA

—Di, Luis : ¿qué pieza toco,
en el concierto de María?
—¿No lo sabes?
—¿Chico, no?
—Pues la de siempre...: ¡la mía!

Un joven cortejaba a una muchacha con la que quería casarse, enamorado de la amplitud de las glándulas mamarias de la bella. Era un buen muchacho sin afición alguna a la estética de los efebos modernos.

Pero ¡oh desencanto! Un día que, indiscretamente sorprendió a su prometida haciéndose la *toilette,* pudo ver que llenaba de algodón su sostén.

Antes de dar media vuelta sacó de su cartera una tarjeta y la depositó cuidadosamente entre los dos calamitosos senos de la muchacha.

Aquella acción sorprendió en extremo a la muchacha, que quedó sin saber qué hacer.

—Cuando no encuentro a quien voy a visitar—dijo galantemente el joven, tomando la puerta—, tengo la costumbre de dejar tarjeta.

FILOSOFÍA

—Déjeme usted el alma quieta
—decía en tono ligero
al bueno de don Severo
la impresionable Enriqueta.

Desde que esto oí, ¿qué quieres,
lector?, me roba la calma
averiguar dónde el alma
tienen algunas mujeres.

(E. N. Y G.)

La víspera del casamiento, los novios se han quedado solos en el pabelloncito del fondo del jardín.

Pasada media hora, la madre de la novia, que ha llegado a inquietarse ante el silencio y la desaparición de los tórtolos, se dedicó a buscarlos.

Por fin encontró a su futuro yerno a la misma puerta del discreto santuario, con el sombrero puesto, abrochándose el chaleco y en disposición de tomar "las de Villadiego".

—¿Dónde vas?—le pregunta la futura suegra.

—No voy, sino que me voy—contesta el otro más quemado que un pisto.
—¿Qué significa eso.?
—Esto significa que la pieza no me gusta, a más de que creí asistir a un ensayo general, ¡y he visto que era una *reprise!*

UN LAPSUS

A la madre sor Inés,
del convento de Trijueque,
que no hay frase que no trueque
o la vuelva del revés,
al visitar el convento
el prelado, preguntaba
dónde a la sazón se hallaba
la novicia Sacramento.
Y ella, por querer decir:
"Aquí ha venido a parar",
sólo acertó a murmurar:
"Aquí ha venido a parir".

(ÁNGEL RODRÍGUEZ CHAVES)

Dactilógrafa admirable (posee varios records en concursos de velocidad), es a la par bellísima muchacha la secretaria particular del jefe de la Oficina de Informes erróneos e Investigaciones infructuosas del Ministerio de Consideraciones exteriores.
Nadie ignora que esta oficina es una de las que más asuntos urgentes despachan y en que se hacen trabajos a máquina, hasta el punto de que, no conformándose con teclear todo el día en el despachito que ocupa al lado del despacho del jefe, la pobre mecanógrafa se lleva trabajo a su casa, dedicando parte de la noche a despacharlo.
En momentos de grandes prisas, el propio jefe no vacila en acompañar a su secretaria en su casita, cooperando con ella en este trabajo extraordinario.
—Estoy destrozada, querida—comentaba un día la linda secretaria con una de sus compañeras—. Mi jefe es tan exigente... Nunca le parece que he hecho bastante. Y, sin embargo, me excedo, hasta el punto... de que he tenido que arreglar... ¿No sabes qué?...
—¡Diablo!... ¡Tu máquina!
—No... ¡Mi somier!

LOS GOCES

Mirando a las estrellas
dijo una niña:
—Los goces de este mundo

vienen de arriba.
Y añadió un majo:
—Unos vienen de arriba
y otros de abajo.

(X.)

La señora de Garviriez, una rica y muy tierna dama, vuelve con su nuevo esposo de su tercer viaje de novios.

El señor Garviriez se siente algo enfermo. La señora se alarma.

—Saúl, amigo mío: voy a enviar en busca del doctor.

—¿Qué doctor?

—El mío, que es una notabilidad y que ha asistido a mis dos primeros maridos.

Garviriez exclama rápidamente:

—¡No! ¡No! Gracias... Esto pasará solo.

EPIGRAMA

Si te casas con Perico
no harás ningún disparate
él, al presente, no es rico,
mas ¿quién por pobre se abate?
Él es mozo muy cabal,
y acaso muy bien sostenga
la carga matrimonial;
que si hoy no tiene un real,
tiene por donde le venga.

Una respetable señora contaba sus impresiones de un viaje a la India, explicando gravemente los incidentes de aquel:

—¡Qué terrible país! Allí la devoran a una los insectos. Para defendernos de sus picaduras, mi hija y yo nos veíamos obligadas a acostarnos todas las noches con un mosquetero.

¡Sin duda, quería hablar de un mosquitero!

HISTÓRICO

Di una pieza al actor S.,
y como no me la hacía,
a su hermana, amiga mía,
le rogué me la volviese.
Ella accedió con presteza;
pero a otro día me dijo:

—Por más que la busco, hijo,
no puedo encontrar su pieza.

(JOSÉ SORIANO DE CASTRO)

La admirable bailarina "Nenita" acaba de dar a luz un bebé encantador.
—¿ Por qué no has hecho que le reconozca su padre?—le pregunta "Juan Rana".
—Ya pensé en ello—responde la bailarina—; ¡pero lo difícil es reconocer al padre!

LA SENTENCIA JUSTA

A cierta moza, un húsar, y no es cuento,
por que le socorriese en sus apuros
del carnal movimiento,
la prometió ocho duros,
y después sólo cuatro le dio en paga.
La moza, descontenta
con esta trabacuenta,
para que por justicia se le haga
aflojar lo restante,
fue a querellarse de él al comandante.
Era este un hombre adusto,
pero en sus procederes siempre justo,
y antes de oír a la moza querellante
quiso que el húsar fuese allí al instante.
Presentóse, en efecto, el demandado,
y siendo preguntado
por su jefe de dónde provenía
la deuda que tenía
con aquella señora,
el húsar respondió: —Diga ella ahora,
si lo tuviese a bien, de qué dimana
una deuda que puede ser liviana.
—No tengo impedimento
—la moza dijo entonces—. Sabrá usía
que yo alquilé al señor un aposento
que vacío tenía
para que en él metiese ciertos trastos
que dijo le causaban muchos gastos;
me ofreció media onza por la renta,
y ahora con la mitad pagarme intenta.
Calló, y el húsar luego
empezó su defensa con sosiego,

diciendo: —Aunque es verdad que ese fue el trato,
me salía más caro que barato,
porque yo solamente
pude meter un trasto estrechamente
en el zaquizamí que me alquilaron;
conque si di por esto
la mitad de la renta, fue bastante,
y no creo que el resto
me obligue ahora a pagar mi comandante.
A que la querellante, sofocada,
replicó: —Esa excepción no vale nada,
pues si tuvo el señor por oportuno
de sus trastos dejar alguno fuera,
no se quedó ninguno
por no tener en donde lo metiera;
que yo desocupada
otra pieza inmediata le tenía,
que, aunque es un poco oscura y jaspeada,
para los que sobraban bien servía.
No dijo más, ni el húsar dio respuesta
que su defensa hiciese manifiesta;
por lo que el comandante
esta sentencia pronunció al instante:
—Vaya, usted, señor húsar, y en la pieza
que la señora dice, con presteza,
meta sus trastos por entero
y páguela completo su dinero.

(FÉLIX MARÍA SAMANIEGO)

Dos amigos, uno recién casado y un veterano del matrimonio, se encuentran. Los dos van a todo correr, hasta perder el aliento.

—¿Dónde vas tan de prisa?—pregunta el veterano.

—A casa, pues ha salido la criada y mi mujer está sola.

—Pues a mí me ocurre lo contrario: ha salido mi mujer y mi criada está sola; poroso voy a escape.

Guardaba por humorada
un toro manso Bellido
en su casa de Granada,
y díjome Inés : —Querido,
siempre temo una cornada
del toro de mi marido.

CONFORMIDAD

A la esposa de Romero
tanto una bota apretaba,
que por ver si la arreglaba
se la mandó al zapatero.
—El corte le ensancharé
—dijo el artista al esposo.
Y este, contento y gustoso:
—Bueno; ensánchESELO usted.

(JOSÉ SORIANO DE CASTRO)

Era el día 2 de noviembre. El ex marqués salta de la cama, y al coger los pantalones, lanza una exclamación de sorpresa, volviéndose rápidamente a su mujer, que se ríe ocultándose bajo el embozo de la cama.

—¿Qué es esto?—grita él, indignado—. ¿Quién me ha gastado la broma de mal gusto de poner unas violetas en cada ojal de la bragueta?

A lo que la esposa responde tranquilamente:

—¿No me has dicho tú mismo anoche que la costumbre más sagrada y respetable es la de, el día de difuntos, poner flores en la tumba de los muertos?... ¡Pues eso he hecho!

A Ramón pregunté ayer:
—¿Tienes hijos? Y él me dijo:
—Pregúntalo a mi mujer,
que lo sabe más de fijo.

Un marido sorprende a su mujer en la más criminal de las conversaciones con un joven.

Adopta un aire tranquilo, y dirigiéndose a su mujer, le dice:

—Mujer, yo sabía que querías excitar mis celos... No te molestes más: ¡basta con esto!

Y después dice al joven:

—Salga usted de aquí; ¡me avergüenzo por usted del ridículo papel que le han hecho desempeñar!

Amarilis, que dio en ser
el abasto del lugar,
de puro echarse a ganar
se vino a echar a perder.

Una conocida artista, cuyo retrato veremos en la próxima exposición, de cuerpo entero y por todo vestido un antifaz de terciopelo negro, contaba a una de sus amigas esta genialidad.

—¡Cómo!—exclama ésta—. ¿Has posado así ante el pintor?

—¡Ah, querida!... ¡Había calefacción!

DOS CONEJOS

En la Audiencia de Sevilla
se presentó una mañana
cierta graciosa aldeana,
que era natural de Utrilla.
Requejos, el magistrado,
la salvó de una querella,
y, por gratitud, la bella
trae un obsequio al togado.
El portero, al anunciarla,
le dijo al grave Requejos:
—La joven de los conejos.
—Me confundes con tu charla.
El buen hombre, por su mal,
para evitar una riña,
añade: —Una hermosa niña...
trae dos bajo el delantal.
—¡Pródiga Naturaleza!
¡Dos conejos a la par!
Hazla al momento pasar...:
quiero ver esa rareza.

(ENRIQUE RODRÍGUEZ SOLÍS)

Una nodriza que, como casi todas las nodrizas, siente el orgullo de su cría, haciéndola saltar sobre sus rodillas, le incita rozando la roja boquita con el oscuro pezón de su pecho lleno de leche. El crío alarga sus manitas y se arroja ansiosamente sobre la teta que acaricia, chupando con entusiasmo.

La nodriza exclama, extasiada:

—¡Caramba! Mirad si es malo el querubín... Palabra de honor: chupa la teta lo mismo que si fuese un hombre.

LA EDAD

Tratábase de la edad
que Luisa representaba,

y ella dijo ser verdad
que ya en los veinte frisaba.
Pero don Juan, que es un lince,
en apariencias versado,
exclamó como admirado:
—¡Pues yo le echaba a usted quince!

(ENRIQUE G. BEDMAR)

ESCENA FAMILIAR

La nodriza está mirando por la ventana. Un bombero muy enamorado llega por detrás y le da un beso en el cogote.

En aquel momento llega la señora.

—¿Cómo es eso? ¡Ama!, ¿se deja usted besar sin volver la cara?

—Perdón, señora... ¡Creí que era el señorito!

LA DELANTERA

Corrieron una soltera
y Periquillo Gazpacho
terminada la carrera,
parece ser que el muchacho
le cogió la delantera.

(EL BACHILLER ROJAS)

EL CUERVO

En un carro manchego
caminaba una moza inocentona,
de gallarda persona,
propia para inspirar lascivo fuego.
El mayoral del carro, que era Farruco,
de Galicia, fornido mameluco,
al que, en cualquier atasco, daba asombro
verle sacar mulas y carro al hombro.
Un colchón a la moza daba asiento,
porque el mal movimiento
del carro algún chichón no le levante.
Lector, es importante

referir y tener en la memoria
la menor circunstancia,
para que, por olvido o ignorancia,
la verdad no se olvide de esta historia.
Yendo así caminando,
vieron un cuervo grande que, volando,
a veces en el aire se cernía
y otras el vuelo al carro dirigía.
—¡Jesús, que pajarraco tan feote!
—dijo la moza—. Y ese animalote,
¿qué nombre es el que tiene?
—Ese es un cuervo—respondió el arriero—;
embiste a las mujeres, y es tan fiero
que las pica los ojos, se los saca,
y después de su carne bien se atraca.
Oyendo esto la moza, y reparando
que el cuervo se acercaba
al carro donde estaba,
tendióse en el colchón, y remangando
las faldas presurosa,
cara y cabeza se tapó medrosa,
descubriendo con este desatino
el bosque y el arroyo femenino.
Al mirarlos, Farruco alborotóse;
subió sobre el colchón, desatacóse,
sacó..., ¡poder de Dios, qué grande que era!...,
y a la moza a empujones
enfiló de manera
que del carro los fuertes enviones,
en vez de impedimento,
daban a su timón más movimiento.
Y en tanto que él saciaba su apetito,
ella decía: —¡Sí, cuervo maldito;
pica, pica a tu antojo,
que por ahí no me sacas ningún ojo!

(FÉLIX MARÍA SAMANIEGO)

Muchas veces se ha elogiado en todos los tonos la hospitalidad escocesa, Y conste que la historia que vamos a contar no se propone molestar la buena reputación de los *highlanders*.

Invitado por su amigo Mac Cornick para asistir a la apertura de la caza en el castillo de Bag Pipers, Hubert Padebois aceptó en el acto, tanto más cuanto que no ignoraba que asistiría la linda señora Mac Cornick.

Prefería la sociedad de esta amable rubia a la de su pelmazo marido, cazador intrépido, preocupado constantemente de batidas, ojeos y perros..., sobre todo de perros. El escocés sentía para "lo que de mejor hay en el hombre" una verdadera pasión : siempre estaba ocupado en la preparación de algún nuevo "pointer", "fox-terrier", "bull" u otro auxiliar cinegético.

Hubert se interesaba lo menos posible en los detalles que profusamente le exponía su huésped acerca de su última adquisición: un "deer-hound" admirablemente "en forma", de una inteligencia extraordinaria y de olfato prodigioso... Pero no tenía más remedio que dedicar los días enteros al cazador, que no le dejaba de la mano ni un momento.

Es de suponer, sin embargo, que durante la noche se indemnizaba de aquella contrariedad, porque...

Pero no adelantemos los acontecimientos.

Una mañana, Cornick y Padebois se paseaban por la avenida del parque, esperando los informes de un guarda, que la víspera había observado huellas recientes de paso de unas zorras.

De pronto, Padebois exclamó:

—¡Caramba! ¡Me he dejado la sortija!

—¿Dónde?—preguntó cándidamente su huésped.

—Supongo que en la mesilla de noche; si me lo permite usted, iré a buscarla...

—¡Es inútil que se moleste!

Y al decir esto, Mac Cornick silbó.

A su llamada acudió un magnífico lebrel, el famoso perro cuyos méritos tanto elogiara el dueño del castillo.

—No tiene usted más que dejarle oler su mano —dijo—. Dondequiera que esté la sortija, como conserva el sutil olor, puede tener la seguridad de que "Stif" la traerá en el acto.

En efecto, Padebois hizo de bastante mala gana lo que se le decía, y el animal salió disparado como una flecha...

No habían transcurrido unos minutos cuando el animal regresó al mismo paso, agitando alegremente un objetó que traía en la boca.

Pero, ¡ay!..., este objeto no era una sortija...

Era el mismísimo "culotte" de la castellana, fácilmente reconocible por la aristocrática cifra que se destacaba en rojo sobre su inmaculada blancura...

LAS PELOTAS

Un fraile de San Francisco
tiene catorce pelotas:
las doce para jugar
y las dos para hacer otras.

(El Lego)

La familia Torta se compone de un mozallón de dieciocho años, Teofrasto, tonto como el padre y la madre, y un bebé de dieciocho meses, Nepomuceno, tardío producto del viejo matrimonio, después de muchos años de prudentes precauciones.

Un día, la esposa del director de la Sociedad en que el inefable Torta presta sus servicios como subjefe de la oficina de subproductos, se decide a devolver la visita que, protocolariamente, le hace la señora Torta el 1.° de enero.

Como buena madre, y orgullosa también de sus subproductos, la señora Torta presenta a sus dos retoños a la señora directora.

Naturalmente, la señora directora se digna elogiar el excelente aspecto de los niños; pero algo le extraña.

¡Qué diferencia de edad entre ellos! Es verdaderamente absurda.

E inquiere con fingido interés:

—Querida señora: ¿son del mismo lecho ?

La buena señora enrojece hasta la misma raíz del pelo.

Verdaderamente, semejante pregunta...

Pero en fin, puesto que la señora quiere saber...

Y con una sonrisa un tanto forzada, acariciando la cabeza de su hijo mayor, murmura:

—Del mismo lecho..., ¡oh!, no, señora... Si mal no recuerdo, creo que Teofrasto debe ser de la *chaise-longue!*

UN GRAN FILOSOFO

A Blas, novio aragonés,
le dijo un día don Tello
con paternal interés:
—¡No te cases con Inés,
porque ya no tiene aquello!
El novio, sin vacilar,
miró a don Tello a la cara
con un gesto singular,
como quien dice así:
—¡Para lo que había de durar!

(MARCOS ZAPATA)

LA ESTOCADA

Un casado se ensayaba
en la esgrima, ágil y diestro,
y a la vez que le enseñaba
le decía su maestro:
—¡Qué buena estocada estoy

preparándole, Chinchilla;
mucho cuidado, que voy
a tirarme a su costilla!

(V. NAVARRO Y GUTIÉRREZ)

He aquí un pequeño sainete observado "en vivo" entre nuestros buenos amigos los compatriotas del famoso Manneken-Piss.

El profesor Koestuer, de Leipzig, ha formado una estadística según la cual el marido alemán es engañado siete veces; el marido belga, seis veces y siete décimas; el mando inglés, cinco veces; el marido holandés, cuatro veces; el marido sueco, dos veces; el marido francés, una vez; el marido español, 875 milésimas de vez, y el marido turco, 11 centésimas de vez.

¡Hace falta ser alemán para entretenerse en semejantes cálculos!

En un café de Bruselas, sentados ante sendos *bocks* de cerveza, M. Pipenter comenta esta estadística con su amigo Pompaert y su amigo Van den Rotopoom.

—Dejadme en paz vosotros—dice—con vuestras honradas mujeres. ¿Sabes tú siquiera lo que es eso?

—Una mujer honrada será una esposa honesta, lo supongo yo—responde Rotopoom.

—Has estado muy acertado, exactamente acertado...—confirma Pompaert.

Pipenter.—¡Estáis en un error, en parte! Una señora honrada es la señora Pipenter.

Rotopoom.—Si tú nos probases eso, ¡canastos!, yo diría como tú.

Pipenter.—¡Oh!... Eso es una cosa muy sencilla. Hace setenta meses, la señora Pipenter se encontró, en la kermesse, con un subteniente que se aprovechó del encuentro. Y me hizo cabrón por primera vez, como sabéis.

Pompaert.—¡Canastos!

Pipenter.—Pero yo he visto que, según la estadística del doctor Koestner, de Leipzig, el marido francés es cabrón una vez... "¡Cristo!—me dije—. Vamos a ver si los maridos belgas no saben serlo." Y guardé silencio.

Pompaert.—*Tú* eres un buen patriota.

Pipenter.—Después de esto, la señora Pipenter frecuentó el trato de un joven chupatintas que presta sus servicios en el Ministerio de Ferrocarriles; después, el de un guardia cívico de la rue Perul, con el que me engañó, y aún descendió luego de categoría, pues me engañó ¡con un conductor de tranvía! Pero cada vez que me ocurría esto, me decía a mí mismo: "La estadística del doctor Koestner, de Leipzig, calcula que a un sueco le hacen cabrón dos veces, y cuatro veces a un holandés. ¿Por qué los belgas hemos de ser menos en esto?" Cuando me hizo cabrón cinco veces, me sentí orgulloso por haber disputado el record a los ingleses. Pero cuando llegó a la sexta vez, ¡oh!, entonces declaré ante la señora Pipenter: "Juana, pon mucha atención, y no olvides que en Bélgica no se hace cabrón al marido más que seis veces y siete décimas. Te quedan únicamente siete décimas. Pon mucho cuidado, y no te excedas".

¡Pues bien!—y esto demuestra qué la señora Pipenter es una mujer honesta—, ¿sabéis lo que ha hecho la última vez?... ¡Me ha hecho cabrón con un pequeñuelo de doce años! Y yo calculo que eso no es rebasar las siete décimas.

Confesando estaba un día
uno, y a cada pecado
el confesor, irritado:
—Muy mal hecho—le decía.
—Aunque mi pecho taladre,
me acuso de que a Lucía,
estando solos, un día...
—Muy mal hecho—dijo el padre.
Y entonces, de mal humor,
alzándose, el penitente
dijo, con tono impaciente:
¡Pues hágalo usted mejor!

Por enero, Inés se halló
de su faldón en lo interno
una pulga, y exclamó:
—¡Que aún hay pulgas en invierno!
Blas, asiéndola la mano:
—No extrañes, niña, el encuentro
—la dijo—; porque ahí dentro
yo apostaré a que es verano.

Sólo en ti se mintió justo el pecado
siendo injusto en trabajos y placeres,
pues que quitando a muchos sus mujeres
con tu mujer a muchos has pagado.
Si los cuernos que pones te ha quitado
de tus sienes los huesos que prefieres,
no pones cuernos, si entenderlo quieres,
cuernos truecas, con premio de contado.
Cobras, no haces, Filemón, cornudos;
adulterado, adúltero, desquitas
duras afrentas de los ganchos mudos.
Ni es desquitarlos, pues que no te quitas
ni uno de cuantos peines puntiagudos
haces lo que padeces, y te imitas.

(QUEVEDO)

Hacía una noche infernal. La pobre "trotera" recorre melancólicamente la calle desierta, sin tropezar con un solo transeúnte.

Tras ella se desliza lentamente una pobre piltrafa de mujer, compañera de su miseria, cuya complaciente fidelidad la consuela—según dicen malas lenguas—de la ingratitud y burlas de los hombres.

De pronto, allá a lo lejos, entre la niebla, aparece, vaga aún, la silueta de un paraguas.

La aparición va precisándose poco a poco, y por fin sale de la sombra el portador de aquel objeto...

Es un aldeano ventrudo, de sonrisa beatífica y ojos brillantes.

El hombre grueso roza, al pasar, el escuálido cuerpo de la pobre "trotera".

Ella se cuelga de su brazo y le murmura al oído sus ofertas.

—... Buena lumbre en mi casa..., cama calentita..., una linda morena... muy agradable... Todo lo que tú quieras.

El hombre se detiene, sensible acaso ante la evocación de paraísos artificiales.

Pero vacila aún.

Y hasta se encoge de hombros, con un gesto como si dijera "qué sé yo".

—¡Tonterías!—murmura él.

—Yo te lo aseguro—insiste la infeliz—. Todo lo que tú quieras.

—No es verdad, te digo yo... Hay una cosa que nunca consentirás en hacerme.

La "trotera" tiene como un gesto de asco. ¿Con qué repugnante personaje ha tropezado, Señor?

Pero el estómago, con su cruel exigencia, le recuerda que no es el momento de hacerse la gazmoña. Y dirige a su compañera una mirada singularmente expresiva.

Decidida a los mayores sacrificios, rindió sus últimos escrúpulos a los pies del Baal monstruoso cuyas exigencias ignora.

—Todo lo que quieras; te lo repito—insiste, humilde y sumisa.

—No te comprometas tanto, pequeña. Cuando yo te diga lo que es, pongo la mano en el fuego a que tú... no querrás hacérmelo.

—Explícate.

—Averigua tú.

Entonces, la desdichada máquina de placer busca entre sus más atroces recuerdos, presentando ante el ladino aldeano, como una cinta cinematográfica, las cosas más perversas... y hasta inventándolas...

—No es eso—repite el siniestro personaje a cada nueva proposición.

Por fin, la vendedora de amor pierde la paciencia, e interroga, agresiva:

—¡Pues dime, cacho de cerdo!... ¿Qué es lo que quieres que te haga?

—¡¡¡Crédito!!!—responde el guasón, alejándose imperturbable.

¡Y la lluvia seguía cayendo!

EPIGRAMA

La mujer de un teniente

de coraceros,
que tenía unos ojos
muy retrecheros,
dijo: —¡Ahí es nada!
¡Soy, por mi esposo Lucas,
plaza montada!...

Fracasan todos los "trucos": consecuencia de la crisis general de todos los negocios.

Obligada a buscar ingresos accesorios, la trotacalles se ha hecho "vidente" en una feria.

En una pequeña barraca, a cuya puerta su "protector" hace el artículo, ella recibe a los aficionados y les hace un fiel horóscopo, conforme a las reglas del arte.

Un día, un bizarro soldado se dio el gusto, por dos pesetas, de tener dos predicciones de su porvenir.

Y verdaderamente, como la pitonisa era linda, como tenía los ojos vendados, como estaba medio tumbada en un modo de diván, el hijo de Marte, con todo el fuego de sus veinte años, se lanzó sobre ella, ansioso, sin que, por otra parte, ella protestase contra aquel homenaje al poder de sus encantos.

Cuando aquello acabó, a completa satisfacción de ambos, el don Juan en ciernes no pudo menos de decir con ironía :

—¡Y ahora..., tú que tan bien dices la buenaventura, dime lo que debo hacer en lo por venir!

—Pues, lo primero, curarte las purgaciones que acabas de coger—respondio el, infalible oráculo.

Fuese a la viña Cebriana un día,
a vendimiar con Gila, su cuñada,
y estuvo cuatro días regalada
con pasas, que otra cosa no tenía.
Pasas almuerza allí, pasas comía,
pasas merienda, y hora no hay pasada
que no haga con pasas su pasada
noche, tarde, mañana y mediodía.
Tantas comió, que un día, antes de cena, tal
cagazón le dio que el vientre afloja
en el prado, en las viñas y en las casas;
y como está de pasas toda llena,
en todas cuantas cámaras arroja
otra cosa no caga sino pasas.

(X.)

Juanita lee en un diario un terrible relato de la violación de una joven.

—Verdaderamente—dice—no comprendo estas cosas; cómo puede ocurrir esto. Yo creo que cuando una mujer está resuelta a no ceder, puede resistir los asaltos de los brutos más forzudos. Desafío al atleta mejor constituido a que obtenga de mí alguna cosa que se me haya metido en la cabeza no concederle...

Se detiene un momento y exclama ingenuamente:

—A no ser que me haga reír...

EPIGRAMA

En continuos ratos de ocio
dice su madre que Antera,
que hace labor para fuera,
desatiende su negocio.
Por no andarse en zarandajas
sufre ella en silencio el cargo;
pero yo sé, sin embargo,
que no se duerme en las pajas.

A lo largo de un bulevar camina melancólico un viejo que tiene aspecto de sabio.

Se queda mirando a una de esas peripatéticas del arroyo.

El arqueólogo distinguido (porque lo es, contemplando la "abundante grupa" de la dama).—He aquí, creo yo, una criatura muy a propósito para poder desechar la amarga tristeza que, desde hace varios días, después de la fatal sorpresa, destroza mi cerebro ardiente... ¡Señorita!

La peripatética (volviendo la cara, copiosamente pintada).—¿Qué quieres, hermoso?

El arqueólogo distinguido. — Necesito distracciones.

La peripatética.—Yo tengo el artículo, y me atrevo a decir que a satisfacción de mi clientela. ¿Qué es lo que quieres, negro? ¿Tienes penas?

El arqueólogo distinguido.—Rabia, por lo menos. Me he dejado engañar como un niño... Un maldito anticuario me ha hecho tomar un orinal moderno por una tiara prehistórica.

La peripatética.—¡Oh!... Una tiara y un orinal... ¡Cualquiera puede confundirse

El arqueólogo distinguido.—Yo, no... ¡Yo no puedo consolarme!... Llévame a tu casa, loca hetaira, y procura hacerme olvidar con tu frescura y tu juventud...

La peripatética.—A la disposición de usted.

Y, en efecto, lleva al sabio a su casa. Pero allí, una nueva desilusión. Desaparecidos los afeites, caídos en tierra los vestidos, aparece fehaciente la irremediable decrepitud de la dama. El arqueólogo distinguido se lamenta de ello, y manifiesta su propósito de buscar en otra parte la compensación que desea.

La peripatética (furiosa). — Dime, viejo carcamal: ¿será posible saber lo que quieres? Ahora mismo te desesperabas porque te habían hecho tomar por vieja una cosa nueva... ¡Deberías estar encantado conmigo, puesto que te he hecho tomar por nueva una cosa vieja!

HUMILDAD FRAILUNA

Terriblemente irritado,
el prior de los Remedios
llamó una tarde a capítulo
a padres graves y a legos.
Llevaba el prior un trozo
de papel entre sus dedos,
que a cada paso estrujaba
una y otra vez leyéndolo.
Los pobres frailes temblaban
y callaban como muertos,
esperando a conocer
de tanta furia el pretexto.
Sentados todos los frailes,
y después que un gran pañuelo
pasó el prior por su frente
cuatro veces, por lo menos,
con ojos que echaban chispas
y alzando el puño hasta el cielo,
así destapó la gaita,
con voz ronca, el reverendo:
—Padres, de mayor escándalo
no hay memoria en el convento.
¿Sabéis qué dice esta carta
que hallé del claustro en los suelos?
Pues dice..., lloro al pensarlo:
pues dice..., sudo al leerlo;
dice: "Si queréis, hermana,
desahogar conmigo el pecho
de las malas tentaciones
que decís estáis sintiendo,
preparaos para mañana,
que a Sevilla iré por veros;
y os ruego que estéis calzada,
y aun peinada con esmero,
que Dios quiere en sus devotas
limpia el alma y limpio el cuerpo."
Ya lo escucháis—el prior
gritaba con voz de trueno—.

¡Calzaditas, peinaditas
las queréis, hombres protervos!
Así perdemos los frailes
de ser humildes el crédito.
Cuando se trata de dar
a un alma tierna consuelo,
prior y todo, yo nunca
me paro en limpio ni en puerco.

(MANUEL M. SANTANA)

Una bella joven se casa con un viejo caballero arruinado, cuya juventud ha sido verdaderamente borrascosa.

La esposa ignoraba, desde luego, el amoroso pasado de su marido. Pero un día, revolviendo entre los papeles de familia de su cónyuge, descubre el secreto: un cofrecillo lleno de correspondencia incendiaria, cuyas innumerables firmantes confiesan impúdicamente el pecado de adulterio con el noble señor, mostrando, además, su gran satisfacción.

La recién casada se escandaliza. Sueña con su venganza... Pero, de repente, descorazonada, exclama:

—¡La lucha es imposible!... El marrano ha hecho más de cien cabrones, y yo, a pesar de todo, ¡jamás podré hacer más que uno!

EL ONANISMO

Un zagalón de campo,
de estos de "acá me zampo",
con un fraile panzón se confesaba,
que anteojos gastaba
porque, según decía,
de cortedad de vista padecía.
Llegó el zagal al sexto mandamiento,
donde tropieza todo entendimiento,
y dijo: —Padre, yo a mujer ninguna
jamás puse a parir, pues mi fortuna
hace que me divierta solamente,
cuando es un caso urgente,
con lo que me colgó Naturaleza,
y lo sé manejar con gran destreza.
—¿Conque contigo mismo
—dice el fraile, enojado—,
en un lance apretado,
te diviertes usando el onanismo?

—No, padre—el zagal clama—;
no creo que es así como se llama
mi diversión, sino la...
—Calla, hombre
—dice el fraile—; yo sé muy bien el nombre
que dan a esa vil treta,
infame consonante de retreta.
¿Tú no sabes que fue vicio tan feo
invención detestable de un hebreo,
y que tú, por tenerlo, estás maldito;
del Espíritu Santo estás proscrito;
estás predestinado
para ser condenado;
estás ardiendo ya en la fiera llama
del infierno, y...?
¡No más!—el mozo exclama,
queriendo disculparse—.
Esta maña no debe guardarse
en mí de culpa, padre. Yo lo hacía
porque veo muy poco, y me decía
mi primo el sastre que se le aclaraba
la vista al que retreta se tocaba.
Aquí, con mayor ira,
el fraile replicó: —¡Todo es mentira!
Si fueran ciertos esos formularios,
las pulgas viera yo en los campanarios.

(FÉLIX MARÍA SAMANIEGO)

FIN

LA CRÍTICA LITERARIA

Todo sobre literatura clásica, religión, mitología, poesía, filosofía...

La Crítica Literaria es la librería y distribuidor oficial de Ediciones Ibéricas, Clásicos Bergua y la Librería-Editorial Bergua fundada en 1927 por Juan Bautista Bergua, crítico literario y célebre autor de una gran colección de obras de la literatura clásica.

Nuestra página web, LaCriticaLiteraria.com, es el portal al mundo de la literatura clásica, la religión, la mitología, la poesía y la filosofía. Ofrecemos al lector libros de calidad de las editoriales más competentes.

Leer los libros gratis online

www.LaCriticaLiteraria.com

La Crítica Literaria no sólo está dedicada a la venta de libros nacional e internacional, también permite al lector la oportunidad de leer la colección de Ediciones Ibéricas gratis online, acceso gratuito a mas que 100.000 páginas de estas obras literarias.

LaCriticaLiteraria.com ofrece al lector un importante fondo cultural y un mayor conocimiento de la literatura clásica universal con experto análisis y crítica. También permite leer y conocer nuestros libros antes del adquisición, y tener la facilidad de compra online en forma de libros tradicionales y libros digitales (ebooks).

Colección La Crítica Literaria

Nuestra nueva **"Colección La Crítica Literaria"** ofrece lo mejor de los clásicos y análisis de la literatura universal con traducciones, prólogos, resúmenes y anotaciones originales, fundamentales para el entendimiento de las obras más importantes de la antigüedad.

Disfrute de su experiencia con nosotros.

www.LaCriticaLiteraria.com

www.ingramcontent.com/pod-product-compliance
Ingram Content Group UK Ltd.
Pitfield, Milton Keynes, MK11 3LW, UK
UKHW040259300826
14791UKWH00002B/583